COLLECTION
L'IMAGINAIRE

Henri Michaux

Un barbare en Asie

Nouvelle édition
revue et corrigée

Gallimard

Henri Michaux est né en 1899 à Namur, dans les Ardennes. Il préparait sa médecine quand, tout à coup, il partit comme matelot. En 1921, il débarque à Marseille. Le désarmement des bateaux, après la Première Guerre, l'oblige à renoncer à la mer et à faire toutes sortes de métiers. Il se met à écrire en 1922, à la suite d'un pari. Il a déjà publié une œuvre importante quand il est révélé, en 1941, par une célèbre conférence de Gide : *Découvrons Henri Michaux*. Ses livres, proches du surréalisme, mais quand même tout à fait à part, sont des poèmes, des descriptions de mondes imaginaires, des inventaires de rêves, une exploration des infinis créés par les substances hallucinogènes.

C'est en 1931 que Michaux accomplit le voyage qui lui inspire *Un barbare en Asie*. Ce livre est un compte rendu de ce périple qui le mena aux Indes, en Chine, au Japon, en Malaisie et en Indonésie. Michaux s'y intéresse moins aux paysages, aux mœurs, à la vie sociale, économique ou politique qu'à la spiritualité et à la culture des peuples d'Asie. Ses impressions de voyage sont notées avec bonne humeur et désinvolture. C'est sans doute le livre le plus « objectif » et en même temps le plus détendu de Michaux. Mais on y retrouve les thèmes essentiels de son œuvre.

Préface

*Douze ans me séparent de ce voyage. **Il est là.** Je suis ici. On ne peut plus grand-chose l'un pour l'autre. Il n'était pas une étude et ne peut le devenir, ni s'approfondir. Pas davantage être corrigé.*

Il a vécu sa vie.

Je me suis limité à changer quelques mots, et seulement selon sa ligne.

H. M.
1945.

« *Gouvernez l'empire comme vous cuiriez un petit poisson.* »

Lao-tseu.

Préface nouvelle

Le fossé s'est encore agrandi, un fossé de trente-cinq ans, à présent.

Et l'Asie continue son mouvement, sourd et secret en moi, large et violent parmi les peuples du monde. Elle se remanie, elle s'est remaniée, comme on ne l'aurait pas cru, comme je ne l'avais pas deviné.

Il date, ce livre. De l'époque à la fois engourdie et sous tension de ce continent; il date. De ma naïveté, de mon ignorance, de mon illusion de démystifier, il date. Il date d'un Japon excité, surexcité, parlant guerre, chantant guerre, promettant guerre, défilant, hurlant, vociférant, menaçant, harcelant, tenant en réserve des bombardements, des débarquements, des destructions, des invasions, des assauts, de la terreur.

Il date d'une Chine traquée, entamée, menacée de dépècement, n'arrivant plus à se ressaisir, méfiante, fermée, ne sachant plus avec une civilisation désorganisée faire face efficacement ni par ruse, ni par

*le nombre, ni par rien d'éprouvé jusque-là, au cata-
clysme imminent.*

*Il date d'une Inde qui, avec des moyens inattendus
ayant l'apparence de la faiblesse, essayait avec malaise
de faire lâcher prise au solide peuple dominateur
qui la tenait en dépendance.*

*Débarquant là, en 31, sans savoir grand-chose,
la mémoire cependant agacée par des relations de
pédants, j'aperçois l'homme de la rue. Il me saisit, il
m'empoigne, je ne vois plus que lui. Je m'y attache, je
le suis, je l'accompagne, persuadé qu'avec lui, lui
avant tout, lui et l'homme qui joue de la flûte et
l'homme qui joue dans un théâtre, et l'homme qui
danse et qui fait des gestes, j'ai ce qu'il faut pour
tout comprendre... à peu près.*

*Avec lui, à partir de lui, réfléchissant, m'efforçant
de remonter l'histoire.*

*Quelques années maintenant ont passé, et voilà que
l'homme de la rue n'est plus le même. Il a changé;
dans tel pays, moyennement, dans un second, beaucoup, dans un troisième, vraiment beaucoup, dans
un quatrième, infiniment, à ne pas y croire, à ne pas
croire ceux qui y sont allés auparavant, et même ceux
qui y vécurent.*

*Ainsi, en Chine, la révolution, en balayant des
habitudes, des façons d'être, d'agir et de sentir fixées
depuis des siècles, depuis des millénaires, a balayé
beaucoup de remarques, et plusieurs des miennes.*

Mea culpa. *Non tellement d'avoir vu insuffisamment bien, mais plutôt de n'avoir pas senti ce qui était en gestation et qui allait défaire l'apparemment permanent.*

N'avais-je rien vu, vraiment? Pourquoi?

Ignorance? Aveuglement de bénéficiaire des avantages d'une nation et d'une situation momentanément privilégiées?

Il me semble que je devais aussi opposer une résistance intérieure à l'idée d'une complète transformation de ces pays, que l'on me prouvait obligés, pour y arriver, de passer par l'Occident, par ses sciences, ses méthodes, ses idéologies, ses organisations sociales systématiques.

J'aurais voulu que l'Inde au moins et la Chine trouvent le moyen de s'accomplir nouvellement, de devenir d'une nouvelle façon de grands peuples, des sociétés harmonieuses et des civilisations régénérées sans passer par l'occidentalisation.

Était-ce vraiment impossible?

Sans le savoir resté gamin j'avais d'autres illusions.

Jusque-là les peuples, pas plus que les gens, ne m'avaient paru très réels, ni très intéressants.

Quand je vis l'Inde, et quand je vis la Chine, pour la première fois, des peuples, sur cette terre, me parurent mériter d'être réels.

Joyeux, je fonçai dans ce réel, persuadé que j'en rapportais beaucoup.

Y croyais-je complètement? Voyage réel entre deux imaginaires.

Peut-être au fond de moi les observais-je comme des voyages imaginaires qui se seraient réalisés sans moi, œuvre d'« autres ». Pays qu'un autre aurait inventés. J'en avais la surprise, l'émotion, l'agacement.

C'est qu'il manque beaucoup à ce voyage pour être réel. Je le sus plus tard. Faisais-je exprès de laisser de côté ce qui précisément allait faire en plusieurs de ces pays de la réalité nouvelle : la politique?

Comme on le voit, ce voyage était mal parti. Je ne vais pas le rattraper. Je ne le pourrais pas. Je le voudrais souvent, mais impossible de rien remettre sur ses épaules. On peut seulement retirer, dégager, couper, faire quelques raccords, vite fourrer quelque chose dans un vide soudain gênant, mais non pas le changer, non pas le réorienter.

Ce livre qui ne me convient plus, qui me gêne et me heurte, me fait honte, ne me permet de corriger que des bagatelles le plus souvent.

Il a sa résistance. Comme s'il était un personnage.

Il a un ton.

A cause de ce ton, tout ce que je voudrais en contrepoids y introduire de plus grave, de plus réfléchi, de plus approfondi, de plus expérimenté, de plus instruit, me revient, m'est renvoyé... comme ne lui convenant pas.

Ici, barbare on fut, barbare on doit rester.

Pour éviter des méprises, les quelques rares notes nouvelles en bas de page sont précédées des lettres n. n.

H. M.
Mai 1967.

UN BARBARE EN INDE

En Inde, rien à voir, tout à interpréter.

Kabir avait cent vingt ans et allait mourir, quand il chanta :

Je suis saoul de joie
de la joie de la jeunesse
les trente millions de dieux sont là.
J'y vais. — Bonheur! Bonheur!
Je franchis le cercle sacré...

Je connais une vingtaine de capitales. Peuh! Mais il y a *Calcutta! Calcutta*, la ville la plus pleine de l'Univers.

Figurez-vous une ville exclusivement composée de chanoines. Sept cent mille chanoines (plus sept cent mille habitants dans les maisons : les femmes. Elles ont une tête de moins que l'homme, elles ne sortent pas). On est entre hommes, impression extraordinaire.

Une ville exclusivement composée de chanoines.

Le *Bengali* naît chanoine, et les chanoines, sauf les tout petits qu'on porte, vont toujours à pied.

Tous piétons, sur les trottoirs comme dans la rue, grands et minces, sans hanches, sans épaules, sans gestes, sans rires, ecclésiastiques, péripatéticiens.

D'habits variés.

Les uns presque nus; mais un véritable chanoine est toujours chanoine. Ceux qui sont nus sont peut-être les plus dignes. Les uns vêtus de toges à deux pans rejetés, ou à un pan rejeté, à toge mauve, rose, verte, lie de vin ou à robe blanche; trop nombreux pour la rue, pour la ville; tous, sûrs d'eux-mêmes, avec un regard de miroir, une sincérité insidieuse et cette sorte d'impudence formée par la méditation, jambes croisées.

Des regards parfaits sans haut ni bas, sans défaut, sans succès, sans appréhension.

Debout, leur œil paraît appartenir à des hommes couchés. Couchés, à des hommes debout. Sans flexion, sans fléchissement, tous pris dans un filet. Lequel?

Foule franche qui se baigne en elle-même, ou plutôt chacun en soi, insolente mais lâche si on l'attaque, prise au dépourvu alors et bête.

Chaque être couvé par ses sept centres, par les lotus, les ciels, par ses prières du matin et du soir à *Kali*, avec méditation et sacrifice.

Attentifs à éviter les souillures de toute sorte, les blanchisseurs, les corroyeurs, les bouchers mahométans, les pêcheurs de poissons, les cordonniers, les mouchoirs qui conservent ce qui doit retourner à la terre, l'écœurante haleine des Européens (qui garde encore l'odeur du meurtre de la victime), et en général les innombrables causes qui plongent continuellement un homme dans la boue jusqu'au cou, s'il n'y prend garde.

Attentifs et renforcés (celui qui était né bête, devenant deux fois plus bête et qui est plus bête que l'Hindou bête?), lents, contrôlés et gonflés. (Dans les pièces et dans les premiers films indiens, les traîtres qui se démasquent, l'officier du rajah qui, furieux, dégaine... n'agissent pas immédiate-ment. Il leur faut une trentaine de secondes, pendant lesquelles ils « culottent » leur colère.)

Concentrés, ne se livrant à la rue et au torrent de l'existence que rétifs, bordés intérieurement, engainés et survoltés. Jamais avachis, jamais au bout d'eux-mêmes, au bout vide, jamais désem-parés. Certains et impudents.

S'asseyant où ça leur plaît; fatigués de porter un panier, le déposant à terre et s'y vautrant; rencontrant un coiffeur dans la rue, ou à un carre-four, « Tiens, si on se faisait raser!... » et se fai-sant raser, là, sur place, en pleine rue, indifférents au remuement, assis partout sauf où on s'y attend, sur les chemins, devant les bancs, et dans leur boutique sur des rayons de marchandise, dans l'herbe, en plein soleil (il se nourrit de soleil) ou à l'ombre (il se nourrit de l'ombre), ou à la sépa-ration de l'ombre et du soleil, tenant une conver-sation entre les fleurs des parcs, ou juste à côté ou CONTRE un banc (sait-on jamais où un chat va s'asseoir?), ainsi en va-t-il de l'Indien. Ah, ces pelouses dévastées de Calcutta! Pas un Anglais ne regarde ce gazon sans frémir intérieurement. Mais aucune police, aucune artillerie ne les empê-cherait de s'asseoir où ça leur convient.

Immobiles et n'attendant rien de personne.

Celui qui a envie de chanter, chante, de prier, prie, tout haut, en vendant son bétel ou n'importe quoi.

Ville emplie incroyablement, de piétons, toujours de piétons, où l'on a peine à se frayer un passage même dans les rues les plus larges.

Ville de chanoines et de leur maître, leur maître en impudence et insouciance, la vache.

Ils ont fait alliance avec la vache, mais la vache ne veut rien savoir. La vache et le singe, les deux animaux sacrés les plus impudents. Il y a des vaches partout dans Calcutta. Elles traversent les rues, s'étalent de tout leur long sur un trottoir qui devient inutilisable, fientent devant l'auto du Vice-roi, inspectent les magasins, menacent l'ascenseur, s'installent sur le palier, et si l'Hindou était broutable, nul doute qu'il serait brouté.

Quant à son indifférence vis-à-vis du monde extérieur, là encore elle est supérieure à l'Hindou. Visiblement, elle ne cherche pas d'explication, ni de vérité dans le monde extérieur. *Maya* tout cela. Maya, ce monde. Ça ne compte pas. Et si elle mange ne fût-ce qu'une touffe d'herbe, il lui faut plus de sept heures pour méditer ça.

Et elles abondent, et elles rôdent, et elles méditent partout dans Calcutta, race qui ne se mêle à aucune autre, comme l'Hindou, comme l'Anglais, les trois peuples qui habitent cette capitale du monde.

*

Jamais, jamais, l'Indien ne se doutera à quel point il exaspère l'Européen. Le spectacle d'une foule hindoue, d'un village hindou, ou même la traversée d'une rue, où les Indiens sont à leur porte est agaçant ou odieux.

Ils sont tous figés, bétonnés.

On ne peut s'y faire.

On espère toujours que le lendemain ils seront remis.

Cette contrainte, de toutes la plus agaçante, celle de la respiration et de l'âme.

Ils vous regardent avec un contrôle d'eux-mêmes, un blocage mystérieux et, sans que ce soit clair, vous donnent l'impression d'intervenir quelque part en soi, comme vous ne le pourriez pas.

*

L'Indien n'est pas séduit par la grâce des animaux. Oh! non, il les regarde plutôt de travers.

Il n'aime pas les chiens. Pas de concentration, les chiens. Des êtres de premier mouvement, honteusement dépourvus de self-control.

Et d'abord, qu'est-ce que c'est que tous ces réincarnés? S'ils n'avaient pas péché, ils ne seraient pas chiens. Peut-être, infects criminels, ont-ils tué un *Brahme* (en Inde bien veiller à n'être ni chien ni veuve).

L'Hindou apprécie la sagesse, la méditation. Il se sent d'accord avec la vache et l'éléphant, qui gardent leur idée par devers eux, vivent en quelque sorte retirés. L'Hindou aime les animaux qui ne disent pas « merci » et qui ne font pas trop de cabrioles.

Dans les campagnes, il y a des paons, pas de moineaux, des paons, des ibis, des échassiers, énormément de corbeaux et des milans.

Tout cela est sérieux.

Des chameaux et des buffles d'eau.

Inutile de dire que le buffle d'eau est lent. Le buffle d'eau désire se coucher dans la boue. En dehors de cela, il n'est pas intéressé. Et si vous l'attelez, fût-ce dans Calcutta, il n'ira pas vite, oh! non, et passant de temps à autre sa langue couleur de suie entre ses dents, il regardera la ville comme quelqu'un qui s'y sent fourvoyé.

Quant au chameau, il est bien supérieur au cheval, orientalement parlant; un cheval au trot ou au galop a toujours l'air de faire du sport. Il ne court pas, il se débat. Le chameau au contraire se porte rapidement en avant d'un pas harmonieux.

A ce propos des vaches et des éléphants, j'ai quelque chose à dire. Moi, je n'aime pas les notaires. Les vaches et les éléphants, des bêtes sans élan, des notaires.

Et à propos de l'élan, j'ai quelque chose à dire. La première fois que je me rendis au théâtre *hindoustani*, je manquai de pleurer de rage et de déception. J'étais en pleine « province ». Tel était l'effet produit sur moi de façon surprenante par l'hindi, cette langue aux mots béats prononcés avec une bonasserie paysanne et lente, énormément de voyelles bien épaisses, des *â* et *ô*, avec une sorte de vibration ronflée et lourde, ou contemplativement traînarde et dégoûtée, des *î* et surtout des *ê*, une lettre d'un niais! un vrai bê de vache. Le tout enveloppé, écœurant, confortable, eunuchoïde, satisfait, dépourvu du sens du ridicule.

Le bengali a plus de chant, une pente, le ton d'une douce remontrance, de la bonhomie et de la suavité, des voyelles succulentes et une espèce d'encens.

*

L'homme blanc possède une qualité qui lui a fait faire du chemin : l'*irrespect*.

L'irrespect n'ayant rien dans les mains doit fabriquer, inventer, progresser.

L'Hindou est *religieux*, il se sent relié à tout.

L'Américain a peu de chose. Et c'est encore de trop. Le Blanc ne se laisse arrêter par rien.

*

Arabes, Hindous, même les derniers des parias, paraissent imprégnés de l'idée de la *noblesse* de l'homme. Leur allure, leur robe, leur turban, leur habillement. Les Européens, à côté, paraissent précaires, secondaires, transitoires.

*

Toute pensée indienne est magique.

Il faut qu'une pensée agisse, agisse directement, sur l'être intérieur, sur les êtres extérieurs.

Les formules de la science occidentale n'agissent pas directement. Aucune formule n'agit directement sur la brouette, même pas la formule des leviers. Il faut y mettre les mains.

Les philosophies occidentales font perdre les cheveux, écourtent la vie.

La philosophie orientale fait croître les cheveux et prolonge la vie.

Une grande partie de ce qui passe pour des pensées philosophiques ou religieuses n'est autre chose que des *Mantras* ou prières magiques, ayant une vertu comme « Sésame, ouvre-toi ».

Ces *paroles*, est-il écrit dans le *Khandogya-Upanishad* à propos d'un texte qui, malgré tous les commentaires ne paraît pas si extraordinaire, *seraient dites à un vieux bâton, il se couvrirait de fleurs et de feuilles et reprendrait racine.*

Bien retenir que tous les hymnes et souvent les simples commentaires philosophiques sont *efficaces*. Ce ne sont pas des pensées, pour penser, ce sont des pensées, pour participer à l'Être, à *BRAHMA*.

Et l'Hindou, toujours scrupuleux, s'en montre particulièrement inquiet.

Être détaché de l'Absolu, cet enfer où vous irez, Européens, cet enfer les hante.

Retenez ce lieu effroyable :

« *Pour ceux qui quittent ce monde sans avoir découvert l'Atman et sa vraie vie, il n'y aura de liberté dans* AUCUN MONDE. » (VIII, Prapâthaka Khonda 2. Kh. Upanishad.)

On ne peut y songer, sans se sentir glacé.

La plupart des Indiens que j'ai connus, employés dans des maisons anglaises, possédaient une ou deux « bonnes formules ».

Et les armées indiennes utilisèrent toujours comme arme de combat les *Mantras*, formules magiques.

*

La respiration contrôlée dans un but magique peut être considérée comme l'exercice national indien.

Un jour, en gare de *Serampore*, je demandai à un *babou* qui m'accompagnait une explication de détail à ce sujet.

Attirés par la science merveilleuse, en moins de trois minutes, une vingtaine d'expérimentateurs, de conseillers, d'informateurs, nous entouraient qui, nez à l'appui (quatre aspirations de la narine gauche, à garder, pour seize expirations rapides à droite, etc.), nous répandaient les miettes de leur extraordinaire science respiratoire.

Jamais je ne vis autant de gestes (l'Indien vit sans gestes).

Plus d'un commis de l'*Imperial Bank*, son travail fini, ne s'occupe plus que de *mantras*, il a son *guru* et songe à se retirer sur les contreforts de l'Himalaya pour méditer.

*

Au sens profond du mot, l'Hindou est pratique. Dans l'ordre spirituel il veut du rendement. Il ne fait pas de cas de la beauté. La beauté est un intermédiaire. Il ne fait pas de cas de la vérité comme telle, mais de l'Efficacité. C'est pourquoi leurs novateurs ont du succès en Amérique, et font des adeptes à Boston et à Chicago, où ils voisinent.. avec Pelman.

*

Je désespérais de jamais voir clair dans l'idolâtrie. Au moins en ai-je vu une sorte maintenant. L'Hindou a l'idolâtrie dans la peau. Tout lui est bon, mais il faut qu'il ait son idole. Il « se met avec » l'idole. Il en retire sa puissance. Il lui faut idolâtrer.

Le *Rig Veda* est plein d'hymnes aux éléments, à *Agni* le feu, à l'air, à *Indra* le ciel, et au soleil.

Ils l'adorent toujours.

Le matin, ils se précipitent hors des trains pour venir le saluer (et je ne les confonds pas avec les Musulmans).

Quand, à son lever, ils font leurs ablutions dans le *Gange*, ils le saluent avec dévotion.

L'Hindou a mille idoles.

Est-ce que don Juan aime les femmes? Hum! Il aime aimer. L'Hindou adore adorer. C'est plus fort que lui.

Ils n'ont pas d'amour pour *Gandhi*, mais de l'adoration, son portrait se trouve dans les temples, on le prie. On communie par lui avec Dieu.

L'Hindou adore sa mère, la « maternité de sa mère », la potentielle maternité des petites filles, l'enfance de l'enfant.

Il possède cinq arbres sacrés.

A la mort de la femme d'un directeur d'école de village près de Chandernagor, on prit l'empreinte de ses pieds, ces empreintes en rouge furent reproduites dans le temple, à côté de la statue d'un dieu, et chaque élève adora « la mère ».

Il plaît à l'Hindou de se prosterner.

Le culte de *Vivekananda*, mort il y a peu d'années (et qui avait, m'assure-t-on, réussi à toucher la divinité, par la « méthode » mahométane, chrétienne, bouddhique, etc.) est bien soigné. Dans la chambre qu'il occupait à la fin de sa vie à *Belur*, à huit heures on apporte son petit déjeuner, à midi autre repas, à une heure, moment où il avait cou-

tume de se reposer, on étend sa photographie sur
le lit, et on la couvre d'un drap. Le soir on descend
sa photo pour qu'*Il* fasse sa prière à *Kali*.

L'Hindou désire rendre un culte, c'est pourquoi
il préfère voir en la femme la maternité plutôt
que la féminité; mais naturellement il se met bien
en communication avec tout; l'Être abonde de tous
côtés, il ne faut rien négliger, et étant fort sensuel,
il sait bien aussi se mettre en communication avec
la fornication universelle.

Il n'y a pas bien longtemps, le grand ascète
Ramakrishna s'habillait en femme pour se sentir
la *maîtresse* de *Krishna*, le Dieu qui vécut parmi
les hommes.

*

Il y a quelque chose d'inégalablement splendide
dans cet ensemble du peuple hindou qui toujours
cherche le plus et non le moins, qui a le plus nié le
monde visible, en est, non pas seulement en esprit,
mais physiquement insouciant, le peuple de l'Absolu, le peuple radicalement religieux.

Le sentiment religieux chrétien (quoiqu'ils
mettent *Jésus-Christ* dans leur poche, et en parlent
souvent comme d'un « des leurs », un Asiatique, etc.) a une autre apparence que le sentiment
religieux hindou.

« Seigneur, Seigneur, du fond de l'abîme, j'ai
crié vers toi. »

« *De profundis clamavi ad te, Domine.* » Voilà la parole qui déclenche un sentiment chrétien fondamental, l'humilité.

Quand on entre dans la cathédrale de *Cologne*, sitôt là, on est au fond de l'océan, et, seulement au-dessus, bien au-dessus est la porte de vie... : « De profundis », on entre, aussitôt on est perdu. On n'est plus qu'une souris. Humilité, « prier gothique ».

La cathédrale gothique est construite de telle façon que celui qui y entre est atterré de faiblesse.

Et on y prie à genoux, non à terre, mais sur le bord aigu d'une chaise, les centres de magie naturelle dispersés. Position malheureuse et inharmonieuse où on ne peut vraiment que soupirer et essayer de s'arracher à sa misère : « *Kyrie Eleison* », « *Kyrie Eleison* », « Seigneur ayez pitié! »

Les religions hindoues [1] au contraire ne dégagent pas la faiblesse de l'homme, mais sa force La prière et la méditation sont l'exercice des *forces* spirituelles. A côté de *Kali* se trouve le tableau démonstratif des *attitudes* de prière. Celui qui prie bien fait tomber des pierres, parfume les eaux. Il *force* Dieu. Une prière est un rapt. Il y faut une bonne tactique.

L'intérieur des temples (même des plus grands extérieurement) est petit, petit, pour qu'on y sente sa force. On fera plutôt vingt niches, qu'un

---

1. Le bouddhisme excepté, mais depuis longtemps le bouddhisme a déserté l'Inde. Trop pur pour eux.

grand autel. Il faut que l'Hindou sente *sa force*.

Alors il dit *AUM*. Sérénité dans la puissance. Magie au centre de toute magie. Il faut le leur entendre chanter dans les *hymnes védiques*, les *Upanishads* ou le *Tantra de la grande libération*.

La joie dans la maîtrise, la prise de possession, la rafle assurée dans la masse divine. Chez un d'eux, je me souviens, une sorte de cupidité, de férocité spirituelle qui crachait, victorieuse, à la figure du malheur et des démons inférieurs. Chez d'autres une béatitude définitive, bornée, classée et qu'on ne leur reprendrait plus.

L'union de l'esprit individuel avec Dieu. Ne pas croire que cette recherche est rare. Nombre d'Hindous ne s'occupent que de cela. Ce n'est en rien exceptionnel. Mais y arriver est autre chose.

Vers six heures du soir au coucher du soleil, vous entendez de toutes parts, dans les villages, vous entendez le son très fort des conques marines. C'est le signe que des gens prient (sauf les derniers des misérables, chacun a sa pagode, en pierres, en bois, en bambous couverts de feuilles). Ils prient et bientôt roulent à terre possédés par la déesse *Kali* ou quelque autre. Ces fidèles sont des gens de bonne volonté à qui l'on a appris telle ou telle pratique et qui, comme la plupart des gens occupés de religion, arrivés à un certain niveau, pataugent et jamais ne vont au-delà.

Des gens de bonne volonté, jamais on ne sait si on doit rire ou pleurer. L'un d'eux que j'avais vu faire (quoiqu'ils se gardent soigneusement en général de prier en présence d'Européens) me dit : « Aujourd'hui, je n'ai atteint qu'une petite partie de Dieu. »

Même l'extase hindoue dans ses formes les plus hautes ne doit pas être confondue avec les voies de la mystique chrétienne. *Sainte Angèle de Foligno, saint François d'Assise, sainte Lydwine de Schiedam* arrivaient par déchirement, *Ruysbroek l'Admirable, saint Joseph de Cupertino,* par une humilité effrayante, et, à force d'être rien et dépouillés, étaient happés par la Divinité.

*

Rien n'est triste comme les choses manquées. L'attitude des religieux hindous porte infiniment rarement la marque divine. Ils l'ont comme le critique du *Temps* et les professeurs de littérature dans les lycées ont l'empreinte du génie littéraire.

*

La foi chez eux comme chez nous a une grande signification.

A la porte des temples on trouve souvent deux rangées de mendiants munis de touchants appels à la foi. Ce sont de grands groupes en bois : un homme étendu — cet homme est mort — et une femme à genoux qui regarde, stupéfaite.

A cette femme un dieu (est-ce Çiva? je ne m'en souviens pas) a promis cent enfants. Cent — et son mari est mort, là, le voilà et il ne lui a fait encore que dix-huit enfants. Or les veuves ne se remarient pas.

« Hein! et m'avoir promis cent enfants! » Alors, elle attend que le dieu montre ce qu'il peut faire, et Çiva (mais ce n'est sûrement pas Çiva) saisi, forcé par la foi, ressuscite le mari.

Ce que je dis là, c'est l'histoire selon l'expression du groupe. Mais les Hindous ne se préoccupent pas de peindre une expression naturelle [1]. C'est pourquoi j'incline à croire qu'il faut tout de même un peu plus de respect dans l'attitude de la femme.

*

On n'a pas été assez frappé de la lenteur de l'esprit indien?

Il est essentiellement lent, tenu en main.

Ses phrases, quand on les lui entend dire, ont l'air d'être épelées.

L'Indien ne court jamais, ni dans la rue ni sa pensée dans son cerveau. Il marche, il enchaîne.

L'Indien ne brûle pas les étapes. Il n'est jamais

---

1. Pour eux, l'homme n'a pas deux bras. Il en a huit, il en a seize, il en a vingt, il est tout entier percé de bras.

Quelles cartes postales vend-on aux Indes? Rien que des cartes postales représentant l'homme au point de vue magique. Des circonférences lumineuses au front, au nombril, au sexe... des fleurs, des puissances, voilà *leur homme.*

elliptique. Il ne sort pas du rang. A son antipode est le spasme. Il n'est jamais bouleversant. Dans les 125 000 vers des *Ramayanas*, dans les 250 000 du *Mahabarata* il n'y a pas un éclair.

L'Indien n'est pas pressé. Il raisonne ses sentiments.

Il est pour les enchaînements.

Le sanscrit, la langue la plus enchaînée du monde, la plus largement embrassante, indubitablement la plus belle création de l'esprit indien, langue panoramique, admirable aussi à entendre, contemplative, induisant à la contemplation, une langue de raisonneurs, flexible, sensible et attentive, prévoyante, grouillante de cas et de déclinaisons.

L'Indien est abondant, et il tient cette abondance en main, aimant les tableaux d'ensemble et les voyant bien aussi.

Drona vient de mourir. On l'apprend à son père.

Sans se presser, le père, en deux cent quarante questions, bien lentes, bien circonstanciées, bien égales interroge sans que personne place un mot.

Il s'évanouit après cela. On l'évente. Il se réveille. Et il remet ça. Nouveau lot de deux, trois cents questions.

Puis halte.

Alors, sans se presser davantage, et commençant par le déluge, un général raconte l'affaire.

Ainsi se passe à peu près une heure et demie.

Comme il y a plusieurs guerres proches et lointaines dans le *Mahabarata*, plusieurs interventions de dieux et de héros, on comprend que ses deux cent cinquante mille vers soient tout juste suffisants pour donner un aperçu de l'affaire en question.

Sa pensée est un trajet, tout du même pas.

Inutile de dire que le centre du *Mahabarata* ne se trouve pas aisément. Et le ton épique n'est pas lâché un instant. Le ton *épique* d'ailleurs, comme le ton *érotique*, a quelque chose de naturellement faux, artificiel et volontaire, et semble fait pour la ligne droite.

Quand vous avez comparé un soldat courageux à un tigre au milieu de lapins, et à un troupeau d'éléphants devant un jeune bambou, et à un ouragan emportant des vaisseaux, vous pouvez encore continuer dix heures de la sorte avant que vous nous fassiez lever la tête de nouveau. On a tout de suite atteint le sommet, et on continue en ligne droite.

De même pour les ouvrages érotiques, après deux ou trois viols, quelques flagellations et actes contre nature, on ne s'étonne plus, on continue à lire en somnolant.

C'est que l'on n'est naturellement ni épique ni érotique.

Souvent j'ai été frappé de la facilité avec laquelle les Hindous *prennent* le ton édifiant, évangélisant, *sursum corda,* le ton des prédicateurs rédemptoristes.

*

Qu'est-ce que c'est qu'une pensée? Un phéno-
mène qui trahit un esprit — son cadre — et ce
que ce cadre désirait.

L'Occidental sent, comprend, divise spontané-
ment par deux, moins souvent par trois et subsi-
diairement par quatre. L'Hindou plutôt par cinq
ou six, ou dix ou douze, ou trente-deux ou même
soixante-quatre. Il est extrêmement abondant.
Jamais il n'envisage une situation ou un sujet en
trois ou quatre subdivisions [1].

Gautama, un esprit contemplatif, pourtant,
exprime ainsi sa première illumination :

De l'ignorance viennent les *Sankharas*.

Des *Sankharas* vient la conscience.

De la conscience viennent nom et forme.

De nom et forme viennent les six provinces.

Des six provinces vient le contact.

Du contact vient la sensation.

1. Inutile de dire que notre division par 2 ou 3 ne corres-
pond pas davantage à une réalité. « Êtres animés, êtres ina-
nimés, chaud et froid, ceux qui ont le mal de mer, ceux qui
ne l'ont pas. » Quoique les sciences physiques, naturelles, nous
aient montré et que nous *sachions* que ça ne se passe pas si
simplement, nous continuons à user de la division par 2, quitte
à faire suivre notre division de corollaires, et de restrictions
telles que « oui mais », « et il y a aussi... »
    L'Indien voit d'avance tout.
    Et quand il ne possède pas les 34 éléments pour diviser une
question, il inventera les 10 ou 15 qui lui manquent.
    Comme un Européen qui, ne sachant rien d'une affaire,
commence tout de même par la diviser en trois.

De la sensation vient la soif.

De la soif vient l'attachement.

De l'attachement vient l'existence.

De l'existence vient la naissance.

De la naissance viennent la vieillesse, la mort, le chagrin, les lamentations, la souffrance, l'abattement, le désespoir.

Un peu plus tard (voir *Digha and Maghima Nahaya*) il réfute les soixante-deux hérésies primordiales concernant l'Être.

Déjà un syllogisme, ou un enchaînement de trois termes me paraît peu sûr. Je ne peux m'y fier. A l'Hindou, même illuminé, il en faut au moins neuf, onze, quarante et davantage.

Il n'est jamais simple, jamais naturel, toujours appliqué.

Quand vous voyez une de ces pensées en quarante points, qu'est-ce que ça prouve? Eh bien, que l'auteur est content, qu'il a pu remplir le cadre de son esprit.

Ce n'est pas non plus un raffinement. Un affinement, une soudaineté désarçonnent l'Indien; il attend la suite.

L'ensemble, l'enchaînement seuls comptent pour lui. Et le sujet importe peu. Qu'il s'agisse de livres de religion ou de traités d'amour, toujours des quinze ou vingt propositions avec réenchaînements partiels. On croit entendre des gammes, d'immenses gammes.

*

Ne pas oublier que l'Inde se trouve dans le
Moyen-Orient, comme l'*Arabie*, la *Perse*, la Tur-
quie d'*Asie*.

Le pays du rose, des maisons roses, des *saris*
bordés de rose, des valises peintes en rose, du
beurre liquide, des mets doucereux et fades, froids
et écœurants, et qu'est-ce qui est plus fade aussi
que le poète Kalidasa, quand il se met à faire de
la poésie fade?

L'Arabe, si violent en son langage éructé, l'Arabe
dur et fanatique, le Turc conquérant et cruel,
sont aussi des gens à parfums nauséabonds, confi-
ture de roses et loukoum.

N'auriez-vous même vu que l'*Alcazar* de *Gre-
nade*, vous pourriez déjà connaître ce goût du petit
plaisir chatouilleux que les Arabes ont mis dans
l'architecture, ces arabesques agaçantes, ni en
dedans ni en dehors du mur, rigoureuses et compliquées et jamais abandonnées; dehors un jardin
hermétique et comme glacé avec de rares géomé-
tries de verdure, un petit rectangle d'eau plate,
sans profondeur, et un petit jet comme un fil,
mais haut et qui retombe avec un bruit mesquin,
secret et exténué. Et dans le tout une impression,
on ne sait pourquoi, de courant d'air.

Mais il faut voir le *Taj Mahal* à *Agra*.

A côté, *Notre-Dame de Paris* est un bloc en
matériaux immondes, bon à être jeté dans la

Seine, ou dans un fond quelconque comme tous, tous les autres monuments (sauf peut-être le *Temple du Ciel* et quelques pagodes en bois).

Réunissez la matière apparente de la mie de pain blanc, du lait, de la poudre de talc, et de l'eau, mélangez et faites de cela un excessif mausolée, faites-y une béante et formidable entrée de porte, comme pour un escadron de cavalerie, mais où n'entra jamais qu'un cercueil. N'oubliez pas les si inutiles fenêtres de treillis en marbre (car la matière, dont tout l'édifice est fait, est un marbre extrêmement délicat, exquis, et comme souffrant, fait pour la plus prompte dissolution, et qu'une pluie fondra le soir même, mais qui se tient intact et virginal depuis trois siècles, avec son agaçante et troublante structure de bâtiment-jeune fille). N'oubliez pas les inutiles fenêtres de marbre où la si intensément regrettée, la regrettée du Grand Mogol, de *Shâh Jehân*, pourra venir se présenter à la fraîcheur du soir.

Malgré ses ornements rigoureux, purement géométriques, le *Taj Mahal* flotte. Le fond de la porte est comme une vague. Dans la coupole, l'immense coupole, un rien de trop, un rien que tout le monde éprouve, quelque chose de douloureux. Partout une même irréalité. Car ce blanc n'est pas réel, il ne pèse pas, il n'est pas solide. Faux sous le soleil. Faux au clair de lune, sorte de poisson argenté bâti par l'homme, avec un attendrissement nerveux.

*

L'Anglais se lave fort régulièrement. Néanmoins il est pour l'Hindou le symbole de la souillure et de l'immonde. L'Hindou songe difficilement à lui sans vomir.

C'est que l'Anglais est constamment souillé par des contacts divers dont l'Hindou se garde bien.

Peu d'êtres se baignent aussi souvent que l'Hindou.

A Chandernagor, qui est plus petit qu'Asnières, il y a seize cents étangs, plus le Gange, dont les eaux sont sacrées. Eh bien, vous pouvez passer à n'importe quelle heure de la journée, il est rare qu'il s'en trouve un d'inoccupé. Et le Gange naturellement ne reste pas vide. Le Gange ne roule pas de l'eau distillée, c'est entendu. On la prend comme elle vient. L'eau des étangs pareillement. Si cette eau était propre on ne la salirait pas exprès avant de se baigner.

Et dans l'eau l'Hindou se tient sérieux. Bien droit, de l'eau jusqu'aux genoux. De temps à autre, il se baisse, et l'eau sacrée du Gange passe sur lui, puis il se relève. Il passe ainsi quelque temps, il lave aussi son *dhouti*. Surtout il lave bien ses dents. Il se met en relation de prières avec le soleil, s'il l'aperçoit.

Mais pas de rires. Près de quelques grands centres urbains pourtant, près des usines de jute, on peut voir, parfois, rarement, quelques polissons qui essaient le « crawl ». Le crawl! Nager! Nager dans une eau sacrée! On en a même vu qui s'éclaboussaient! Ces spectacles heureusement sont rares, rares, et sans suite.

Avec tout cela, la saleté hindoue ou, à cause du dénuement, au moins un air de saleté ne manque pas.

Chose curieuse, quand leurs peintres font un tableau de leur intérieur sale, de leurs occupants en guenilles, ils font un tableau des plus propres. Les déchirures des guenilles seront propres, les taches très propres; ce qui semble indiquer qu'ils ont tout ce qu'il leur faut.

Tandis que, quand vous voyez les tableaux européens du XIXᵉ siècle, vous n'y trouvez que des têtes de charbonniers, des maisons et des murs lépreux, des joues et des têtes gluantes, des intérieurs infects.

*

L'Hindou est un être renforce Il se renforce par méditation. Il est à la puissance deux.

Il y a, entre un Européen et un Hindou, une différence comme entre le silence et le point d'orgue. L'Hindou est toujours intense, son repos est positif. Le repos du blanc est zéro, ou plutôt il est moins x.

L'Indien est jouisseur, il se délecte lentement.

La place exceptionnelle qu'il occupe dans le monde spirituel est due à ce qu'il a toujours cherché la jouissance dans les appétits les plus remarquables.

Dans la religion et dans le sacrifice, dans l'adoration, dans l'ascèse, dans de multiples ascèses, dans le détachement d'avec l' « ego », dans la passivité, dans la démesure, dans la puissance magique et... dans un orgueil d'une classe à part.

Les rajahs et les brahmes ont formé des milliers d'Indiens serviteurs, depuis des milliers d'années, à être plats et aveuglément acceptants.

Et cette platitude qu'on ne pourrait concevoir sans l'avoir vue est plus effrayante, plus pénible à considérer que toutes les misères et la famine et le choléra endémique.

Cette platitude de caste, le plat naissant du plat et de la plate depuis des millénaires, a été faite pour eux. Et quel résultat!

Seuls les princes et les personnes tout à fait riches en usent, du Royal Yakuti.

C'est l'en-tête d'une réclame formidable. Il s'agit d'un produit pharmaceutique.

Cette réclame pour *rastas* a plus fait vendre de ce produit, que cent mille certificats médicaux.

Sans la vanité, l'institution des castes ne tenait pas trois mille ans.

Les convertis chrétiens ont fait élever un mur de séparation, à la cathédrale de *Pondichéry*, pour séparer les castes.

Je suis chrétien, mais de caste brahme!

*

La plupart, grands et minces, sans épaules, aux jambes sans mollets, sans muscles, féminins, à la tête souvent plate, avec des yeux de crapaud qui ne vous quittent pas et dont il n'y a rien à extraire.

Pas méditatifs, mais collants, ou plutôt collés.

Un éclat du regard comme donnent les produits de beauté, et qu'on n'a aucun plaisir à regarder, sur lequel on ne se retourne pas.

D'admirables cheveux noirs, bien vivants, souples, longs.

Quelques têtes fines, d'âmes bien nées (extrêmement rares). Quelques têtes de vieillards, véritables pères de l'humanité, ancêtres de la musique et de la sagesse, harmonieusement développées.

Aucun pétillement nulle part.

Des têtes d'amoraux contents, et de faux témoins justifiés.

Aucune humanité.

*

Les Indiens n'ont pas actuellement la préoccupation de la beauté. La beauté ne compte pas. Ils n'y tiennent pas. On n'en trouve pas chez eux. Ni dans leurs maisons, ni ailleurs.

S'il faut absolument de la beauté, alors c'en

sera la surabondance, la lascivité, le baroque [1].

Mais ils préfèrent « rien du tout ».

Leurs peintures et leurs sculptures furent pourtant si belles et le furent presque malgré eux. L'Indien a le goût, le sens et le vice de la séduction, mais aussi de l'académique. L'Indien aime les recettes, les codes, les chiffres, les symboles rigoureux, la grammaire.

Quand j'arrivai à Colombo, et que j'entrai au musée pourtant célèbre, je me mis après quelque temps non pas à marcher mais à courir dans les salles. J'étais désespéré. Oh! Académie. Ah! Les singes. Que m'importe qu'on soit singe de 1re classe, ou de 2e classe? Quand tout d'un coup je vis quelque chose. Dans une salle, des fresques. La maladresse, l'élan, les tâtonnements attendris, le désir de bien faire, l'émotion qui sort du jour, et des corps chauds encore mal stylisés, les attitudes toutes de surprise et de bonne volonté animent les fresques de Sigeriya. Il y a donc eu là une bouffée, une bouffée chaude et bien vivante.

Cela n'arriva pas trop souvent. Plus que l'invention, la continuation fascine les Hindous.

*

Entre toutes les gares du monde, la gare de Calcutta est prodigieuse. Elle les écrase toutes. Elle seule est une gare.

1. J'ai lu attentivement le mariage de *Rama* et de *Sita*. Sans doute ça devait briller, mais ce devait être d'une prétention!

Le monument lui-même n'est pourtant pas bien extraordinaire. Sans doute. Alors? Mais seulement à Calcutta j'avais vraiment l'impression de ce qu'est une gare, un endroit où des gens attendent des trains.

A Calcutta, ils attendent *vraiment*.

Il y a quelque chose comme trente voies et autant de quais.

Chaque quai commandé par une porte en fer.

Entre ces portes et la ville de Calcutta est l'immense hall de la gare.

Ce hall est un dortoir. Devant la porte qui les sépare du train à venir, ils sont couchés, dormant d'un œil sur leurs valises roses.

Cette impression de l'au-delà des rails, des trains qui vont vous emporter ensuite, ce sommeil préliminaire, comme pour faire croire qu'on attend parfois une semaine ou deux un train sans le voir venir (les salles d'attente naturellement inoccupées, trop loin du train, trop pleines de bancs), cette attente de départ, et pourtant ce sommeil, ces gens terrassés par la fatigue à la seule idée de voyager, cette préoccupation d'avoir son repos, son repos avant tout, cette impression est unique.

Et il y a toujours des milliers de voyageurs étendus dans cette gare, entre les corps desquels on avance malaisément et prudemment comme en terrain marécageux et on gagne péniblement son compartiment, suivi par quelques yeux éternels.

*

Tous les gens « bien » aux Indes avaient et ont depuis toujours renoncé aux Indes et à la terre entière.

Le grand miracle des Anglais, c'est que maintenant ces Hindous y tiennent.

*

Si les chrétiens avaient voulu convertir les Hindous, au lieu de dix mille missionnaires « moyens », ils auraient envoyé un saint.

Un seul saint convertirait des millions d'Hindous.

Il n'y a pas de race plus sensible à la sainteté.

*

La chasteté est le point de départ de la magie.

Les Hindous reprochent aux missionnaires catholiques (qui sont presque tous fidèles à leur vœu de chasteté) de n'en pas profiter assez, de n'en pas retirer directement de force spirituelle. *Que veut dire exactement cela?*

Le Jésuite, qui me posait cette dernière question, avait des yeux de petit garçon, de collégien, pas des yeux d'homme.

J'aurais bien pu faire entrer cette constatation

dans ma réponse, mais je préférai réfléchir à mon aise.

*

L'Europe devrait se « reposer » sur l'Asie, disent encore quelques Hindous. Mais l'Europe ne peut se reposer sur personne. Et elle ne peut plus se reposer du tout. Le temps du repos est fini. Il faut voir maintenant ce que le reste donnera.

D'ailleurs, le repos n'avait pas donné assez.

*

Une autre façon dont la prière de l'Hindou diffère de celle des Européens est celle-ci, différence capitale : l'Hindou prie nu, le plus nu possible, se couvrant seulement la poitrine ou le ventre s'il est de santé délicate.

Il ne s'agit pas ici de décence. Il prie seul dans l'obscurité sous le monde immobile.

Il faut n'avoir aucun intermédiaire, aucun vêtement entre le Tout et soi-même, ne sentir aucune division du corps.

L'Hindou prie volontiers aussi dans l'eau, en se baignant.

Un Hindou qui fit, en ma présence, sa prière à *Kali*, enleva ses vêtements, sauf une petite ceinture et me dit : « Quand je prie seul au coucher du soleil, et nu, je prie plus facilement. »

Tout vêtement retranche du monde. Tandis qu'étendu, nu dans l'obscurité, le *Tout* afflue à vous, et vous entraîne dans son vent.

Faisant l'amour avec sa femme, l'Hindou pense à Dieu dont elle est une expression et une parcelle.

Comme ce doit être beau d'avoir une femme qui le comprenne, qui étende l'immensité par-dessus la petite mais si troublante et décisive secousse de l'amour, par-dessus ce soudain et grand abandon.

Cette communion dans l'immense, à un tel moment de plaisir commun, doit être vraiment une expérience qui permet de regarder ensuite les gens dans les yeux, avec un magnétisme qui ne peut reculer, saint et lustral à la fois, impudent, et sans honte; l'animal même doit communiquer avec Dieu, disent-ils, tant la limitation, quelle qu'elle soit, leur est odieuse [1].

Il y a même des Hindous qui se masturbent en pensant à Dieu. Ils disent qu'il serait encore beaucoup plus mauvais de faire l'amour avec une femme (à l'européenne) qui vous individualise trop et ne sait pas passer de l'idée de l'amour à celle du Tout.

[1]. J'ai gardé quelques cartes postales de temples que j'ai vus et de leurs statues.

Les têtes sont belles, contemplatives, perdues dans les délices.

Les corps aux sexes énormes s'unissent dans des positions variées et l'onanisme n'est pas exclu

*

L'Hindou, cupide : il n'y a pas longtemps, le tiers de l'argent du monde était chez eux.

Il thésaurise. Il aime évaluer son or, ses perles. Songer à ce qu'il est potentiellement.

Dans l'ordre spirituel, il est vorace de Dieu. On se représente les Hindous comme des sangsues sur la surface de Dieu.

Vivekananda à *Ramakrishna*. Sa première question : « Avez-vous *vu* Dieu? »

Dhan Gopal, revenant d'Amérique, demandant des nouvelles de son frère : « A-t-il *vu* Dieu? »

Avez-vous *eu* Dieu? serait encore plus près de leur pensée.

Le Yogi économise ses forces. Ce surhomme ressemble au bœuf. N'atteint jamais le centre douloureux et vif de soi, et l'évite *volontairement*. Le sanscrit, une langue *possessive*.

Amour de l'Hindou pour l'explication homérique, la description embrassante, magnétique, qui *impose* la vision.

Pour lui, un cheval, tout court, n'est pas un cheval, il faut qu'on lui dise cheval à quatre pattes, avec quatre sabots, avec un ventre, un sexe, ses deux oreilles; il faut que le cheval se sculpte en lui.

« Vénérable Nagarena, quelles qualités doit posséder un disciple? » (Question du roi Milinda.)

Réponse :

« 1) une qualité de l'âne

2) deux du coq

3) une de l'écureuil

4) une de la panthère femelle

5) deux de la panthère mâle

6) cinq de la tortue

7) une du bambou

8) une de l'oie

9) deux du corbeau

10) deux d'un singe, etc., etc.

34) deux de l'ancre, etc., etc.

36) trois du pilote

37) une du mât, etc., etc., etc.

61) deux de la semence, etc., etc., etc. »

Il y a soixante-sept divisions, plus de cent qualités.

Il n'est pas étonnant qu'il faille autant de qualités, ni même qu'il faille les expliquer en trois cents pages, décrire minutieusement l'âne avec ses deux oreilles, le coq avec ses ergots... pour que tout apparaisse, mais il est étonnant que *d'avance il sache cela.* Tel est pourtant l'esprit hindou — large, panoramique, possessif, jouisseur. Au rebours du chinois, tout en allusions, détours, brefs contacts.

*

Quand je vis les Turcs d'une part et d'autre part les Arméniens, sans rien savoir de leur histoire je sentis que dans la peau d'un Turc j'aurais grand plaisir à battre un Arménien, et qu'Arménien il faudrait que je fusse battu.

Quand je vis les Marocains d'une part et les Juifs d'autre part, je compris que les Marocains avaient envie de violer les femmes des Juifs à leur nez et l'avaient souvent fait.

Cela peut s'expliquer. Mais alors ça devient tout autre chose.

Le serpent, la première fois qu'il voit une mangouste, sent que c'est une rencontre fatale pour lui. Quant à la mangouste, elle ne déteste pas le serpent après réflexion. Elle le déteste, et le dévore *à première vue.*

Quand je vis les Hindous et les Musulmans[1], je compris tout de suite quelle tentation subissaient les Musulmans de donner une raclée aux Hindous, et combien les Hindous, en cachette, prenaient plaisir à jeter un chien crevé dans les mosquées.

Maintenant, pour ceux qui n'ont pas vu, ou n'ont pas senti, on peut trouver quelques explications venant de loin.

Les peuples qui ont adopté la religion musulmane, Turcs, Afghans, Persans, Hindous convertis de force, Éthiopiens, Maures, Malais, etc., l'Arabe,

---

1. n. n. Impression qui avait aussi de la naïveté. Car ce que je voyais n'était pas seulement deux hommes différents, mais une situation — et susceptible d'être ressentie et appréhendée comme ayant été dans le passé une occasion de mépris, d'attaques, de meurtres

le peuple de Mahomet a mis sa marque sur eux.

Dans l'Arabe tout est colère. Son credo est plein de menaces : « *Il n'y a d'autre Dieu que Dieu.* » Son credo est une riposte, presque un juron — il gronde, il est sans quartier.

Son bonjour : « Que le salut soit sur quiconque suit la *vraie* religion! » (La vraie! Aux autres pas de bonjour.)

Un jardin arabe est une leçon d'austérité. Une rigueur glacée.

Le désert est la nature de l'Arabe, et toute autre nature est sale, antinoble et dérange son esprit. Pas de peinture, pas de fleurs. « Du laisser aller, tout ça. »

L'intransigeance. A l'ancienne mosquée de Delhi deux idoles de cuivre se trouvaient liées aux pierres formant le plancher pour être foulées aux pieds *ipso facto* par tout fidèle qui entrait.

Dans le Nord, quelques orphelins hindous se font chrétiens. Le Mahométan, lui, est inconvertible. Le Dieu des Musulmans est le plus absolu. Les autres dieux s'effritent devant lui. Et on se traite comme rien devant ce Dieu. On se jette le front contre terre. On se relève, et puis on se jette le front contre terre, et puis encore.

La langue arabe est une pompe aspirante et foulante, elle contient des *h* d'aller et retour, que seuls la rogne et le désir de refouler l'adversaire et ses propres tentations ont pu inventer.

Son écriture est une flèche. Tous les alphabets

se composent d'une lettre occupant une superficie soit par des traits qui se coupent (chinois), soit des traits enveloppants (l'hébreu, le sanscrit, le mexicain, etc.). L'écriture arabe, elle, n'est qu'un trajet [1], une ligne faite de lignes. Dans l'écriture ornée, elle va toutes flèches bien droites, que de temps à autre un accent traverse et sabre. Cette écriture, véritable sténographie, est quatre fois plus rapide que l'écriture latine (les Turcs qui viennent de changer leur alphabet l'ont appris à leurs dépens).

Les voyelles ne comptent pas, mais les consonnes seules; les voyelles sont le fruit et le plaisir mauvais. On ne les note pas, on les escamote et on les prononce toutes à peu près comme des *e* muets, lettre de cendre qu'on a gardée parce qu'il n'y a pas eu moyen de l'effacer.

Les consonnes donc font tout le travail. Les consonnes, il n'y a rien à dire contre elles, c'est le dépouillement.

L'Arabe est noble, net, coléreux.

L'apologue arabe est tellement déblayé, qu'il n'y a plus rien, qu'une espèce de tension, un mot juste, une situation lapidaire... Brèves sentences, bref éclat.

L'apologue est pressé.

L'intérieur des mosquées est vide, c'est une prison colorée.

---

1. En apparence.

L'Arabe est courageux et chevaleresque.

Pas un de ces caractères qui ne l'oppose aux Hindous. On peut les prendre un par un.

*

Malgré leur nombre, les Indiens furent dans l'ensemble une proie. Alexandre le Grand, les rois grecs, les Huns, les Mongols, les Anglais, le monde entier les a battus, ils ont perdu leur indépendance depuis huit siècles.

Encore maintenant un *Gourkha* (descendant des Mongols, habitant le Nord-Est du Bengale) maîtrise dix Bengalis et en fait trembler cent.

Tout cela non plus ne peut s'expliquer de façon simple, quoiqu'on le sente très bien.

La première raison en est l'esprit de défaitisme naturel au fond de tout Indien. Dès qu'un éléphant royal tourne les talons, l'armée entière se débande.

Naturellement, un éléphant on ne peut jamais s'y fier. Un pétard le met en fuite. Il est calme. Mais il n'a aucun sang-froid. Au fond, c'est un fébrile. Quand ça ne va plus, il s'affole et alors, il faut au moins un immeuble pour le retenir. Même, quand il est simplement en rut, il s'affole. Que tout le monde déguerpisse, il va y avoir un malheur. Monsieur l'éléphant veut faire l'amour.

De plus, vindicatif comme un faible. Il vaut mieux ne pas parler de son regard. Tout homme qui aime les animaux est déçu par son regard.

Représentez-vous une armée de milliers d'éléphants, d'autant de chars, de six cent mille hommes (de ces armées il y en a eu contre Alexandre, contre quantité de conquérants), vous comprendrez quel bazar ça peut constituer.

Quel plaisir pour les Indiens, cette surabondance, mais une petite armée de dix mille fantassins nerveux y met la débandade.

Ajoutez qu'autrefois les Hindous se servaient de *shantras*, ou formules magiques.

Il ne faut pas nier la valeur de la magie. Néanmoins, elle donne des résultats insuffisants. La préparation psychique est lente. Un homme tue plus vite d'un coup de sabre que par magie. Son sabre, il peut s'en servir à tout instant, il n'a pas à s'armer et à lui redonner du tranchant après chaque ennemi tué, le premier imbécile venu peut se servir d'un sabre, et on peut réunir plus facilement vingt mille imbéciles que vingt bons mages.

*

L'Hindou adore tout. Ce n'est pas son seul sentiment.

Il se met en communication de façon soumise ou dévote avec des êtres, avec les choses mêmes et les transfigure.

Quand le Bengali se marie, il ne lui suffit pas de passer au cou de celle qui sera sa femme une

ficelle avec un petit bijou d'or, lequel est le signe
des femmes mariées, et un symbole du mariage.
Non, *il pose ce petit bijou sur une noix de coco*
dans un vase rempli de riz, et *il lui offre un sacrifice d'encens*, puis il prie les assistants de bien
vouloir bénir ce bijou. Ensuite les époux touchent
ensemble le sel, le riz, les aliments journaliers.

Une fois par an le laboureur rassemble sa charrue, ses râteaux, sa houe, et il s'incline devant ces
compagnons de travail, les révère et les prie de
vouloir bien lui continuer leur aide.

Un jour au moins, la charrue est maîtresse, et le
laboureur serviteur. La charrue reçoit l'hommage
avec son habituelle immobilité et ainsi chaque
travailleur rassemble ses outils, et se fait petit et
soumis devant eux.

L'Hindou s'est bien gardé d'établir des rapports d'égalité entre lui et le reste. S'il voit un
supérieur, il s'incline et de son front lui touche
le pied.

Sa femme *l'adore*. Elle ne mange pas avec lui.
Mais lui, d'autre part, vénère son enfant, et ils
n'ont pas cette apparence de mâle et femelle qu'on
rencontre en Europe dans la meilleure société et
qui est l'horreur actuelle. Il appelle son fils *papa*.
Et parfois même, délicieuse soumission, il l'appelle *maman*.

L'Hindou prie tout. Celui qui ne pratique pas
la prière, il lui manque quelque chose (prier est
encore plus nécessaire qu'aimer).

*

L'Hindou excelle à introduire dans les choses
et les actes une valeur spéciale. Il aime faire des
vœux.

J'ai vu à Chandernagor un jeune homme et une
jeune fille qui, mariés il y a douze ans jour pour
jour, avaient fait serment de chasteté pour une
période de douze ans. Un directeur de conscience,
assis sur le sol entre les époux assis semblablement,
fit un petit discours...

Je regardais la mariée à la dérobée, je regardais
le marié.

Jamais, jamais en Inde, je n'avais vu vraiment une jeune femme tout à fait belle. Elles
courent vite sur le chemin de la vieillesse, et elles
ont malgré leur modestie quelque chose de vaincu,
ou enfin, je ne sais quoi. Mais en celle-ci, il y avait
l'initiation d'une joie extraordinaire. Quelque chose
d'exquis, de très pur, pas de maigre ni d'ascétique,
mais de plein, de retenu, et qui pourtant l'inon-
dait. Et lui, chose rare, était beau aussi, et, ce
qui au Bengale l'est infiniment plus, affectueuse-
ment modeste et réservé. Tous deux en belle santé,
— et âgés, elle, peut-être de vingt-quatre, lui de
vingt-cinq ans. Toujours je les verrai. Cette retenue
si émouvante. Songez, douze ans ensemble, si jeunes,
si... « attirants », et qui s'aimaient, il y avait là
une joie, inouïe, bien hindoue, que j'aurais tant
voulu connaître.

*

Qui n'a lu de ces romans où, à cause d'un mot qu'on a omis, d'yeux qu'on a tenus baissés à un certain moment, deux cœurs qui s'aimaient se trouvent séparés pendant des années? La jeune femme voulait dire « oui », elle voulait sourire... On ne sait pourquoi, elle a été troublée et maintenant il faudra trois cents pages pour arranger l'affaire. Alors que c'était si simple, au début, si simple...

Le *Bengali* fait son ordinaire de cet état. Il préfère accumuler tous les regrets, plutôt que d'intervenir trop vite. Quand ils ont le coup de foudre, le metteur en scène (dans un film bengali) [1] a le plus grand mal à le leur faire exprimer. Ils ne se retournent pas, ils ne sourient pas, ils ne font aucun signe, leurs paupières ne battent pas, ils sont seulement encore un peu plus lents que d'habitude et ils s'en vont. Quand alors il s'agit de retrouver l'apparition aimée, vous devinez comme c'est incommode. Ils ne s'informent pas. Non, ruminer leur plaît davantage. C'est la plénitude, le reste ne compte pas, ils perdront le goût du boire et du manger, mais ils ne feront rien. Il suffirait d'un mot pour empêcher quantité d'incompréhensions. Non, ils ne le diront pas. Ils préfèrent même le malheur,

---

1. n. n. Cette particularité, depuis, a dû s'atténuer. La fréquentation de cinéastes et de films d'autres peuples les a modifiés sensiblement.

tant ils aiment une situation qui *présente de la densité*. Il leur plaît de sentir la grande action du destin plutôt que leur petite action personnelle. Ils respirent sept fois avant de parler. Ils ne veulent pas de l'immédiat. Quand vous mettez une certaine distance entre vous et l'action, entre vous et vos gestes, pour peu que vous soyez d'un caractère hésitant, jamais plus vous n'arriverez « à temps ».

Ils sont incapables de faire un signe précis pour dire *oui*. Ce n'est pas un hochement qu'ils font. C'est une sorte de balancement de la tête, qui décrit à partir du bas, une portion de circonférence de gauche en bas, vers le haut à droite. Et ce signe a l'air de dire : « Ah! eh! après tout, tout compte fait, s'il le faut vraiment, au pis-aller, enfin! » Demandez-leur s'ils veulent accepter un *lakh* de roupies, ou s'ils sont vraiment brahmes. Eh bien, ils ne feront pas un « oui » décidé. Ce sera toujours un long *oui* ondulé et encore rêveur, un « oui » en col de cygne et mal dépris encore de la négation.

J'avais un malin plaisir à Chandernagor, quand mon cuisinier m'apportait un repas, à regarder les plats d'un air sévère; il se mettait alors à rôder, mal à l'aise, de façon parfaitement inutile, à désassembler ou assembler les plats, les repoussant, les rapprochant d'un ou deux centimètres. Ah! il fallait le voir, et quand j'avais *presque* fini de manger, je m'arrêtais avec le même air; alors

lui de recommencer à chercher ce qui clochait
sans jamais faire quelque chose d'utile, modifiant
la position de la salière par rapport à l'huilier,
et la cuillère à dessert par rapport à l'assiette ou
frottant doucement un bout de la nappe puis un
autre bout. Ça pouvait durer vingt minutes. On
voyait combien l'embarras lui pesait. Néanmoins,
il n'aurait jamais dit : « Eh bien, quoi? Qu'est-ce
qui manque? » Non. Des interventions pareilles
enlèveraient bientôt à la vie tout son poids.

Pourquoi cela me fait-il songer au jeu du cerf-
volant? Les Bengalis qui ne jouent pas, jouent au
cerf-volant, même des hommes de vingt-cinq ans. Il
faut les voir, ces grands sérieux, sur les toits de leurs
maisons déroulant la corde, le regard dans le ciel
sur leurs lointains cerfs-volants. Ils s'amusent
gravement à rompre la corde des cerfs-volants
voisins, poursuivant ainsi à cent mètres en l'air
des combats à peine sensibles à celui qui les
provoque et que le vent et le destin règlent pour le
paresseux méditatif.

*

Ceux qui veulent attraper un bon os, sur lequel
il y a encore beaucoup à manger, doivent réfléchir
à l'attitude de *non-violence*.

Gandhi vient de montrer que cette attitude
est toujours fraîche. Elle est des plus anciennes
aussi.

D'abord le fondateur du *Jaïnisme* (une des plus importantes religions de l'Inde), qui interdisait tout repas après le coucher du soleil de peur qu'un insecte tombé dans les aliments et inaperçu dans l'obscurité, ne fût avalé par mégarde et ne trouvât ainsi la mort.

Puis *Bouddha*, l'homme par excellence de la non-violence.

Une tigresse a faim, il se donne à manger à elle.

(Toujours ce rien de niaiserie sentimentale, accentué dans les sculptures, où l'on voit les tigres affamés qui suivent la tigresse, regardent Bouddha en attendant posément leur quartier de viande.)

Et quel roi dans le monde trouvera-t-on comme *Asoka* bouleversé, pour avoir fait une petite guerre, pendant toute sa vie en faisant contrition et pénitence?

Toutes les institutions portent les marques de cette acceptation.

La religion hindoue comprend monothéisme, polythéisme, panthéisme, animisme et cultes du démon. Celui qui le peut n'adore que Brahma, mais s'il n'y a pas moyen, *Kali*, *Vischnou* en sus; s'il n'y a pas moyen, il y en a d'autres encore. Il a *tout* mis dans la religion.

Rien ne se trouve à part. Le temple a des filles et l'union avec elles lave de tout péché. Le *Kama Sutra* n'est pas un livre qui se lit sous le manteau. Moi-même, j'ai vu à *Orissa* et à *Kornarak* sur la façade des temples une demi-douzaine de positions amoureuses dont jusqu'à présent je m'étais mal rendu compte. Ces statues sont mises en évidence, bien à l'extérieur; l'enfant qui ne comprend pas n'a qu'à demander des explications, mais ordinairement c'est assez clair.

Toutes les actions sont sacrées. On y pense sans se détacher du Tout.

L'acte sexuel, ces seuls mots, détachés, sont déjà péchés, infection, machinisme humain.

L'Hindou n'est jamais séparé de son sexe [1], qui est un des centres, sur lequel il fonde son équilibre. Comme l'abdomen, comme le front. Il prie assis, les cuisses ouvertes, par terre, dans un équilibre bas, où il est rapproché du centre inférieur.

Dans les chansons, ou drames hindous traduits en français, il y a toujours des passages mis en *latin*, à cause de leur... immodestie...!

Dans une des meilleures pièces de *Kalidasa*, à moins que ce ne soit dans *Malati Madhava* de *Bhavabhuti*, où après quantité de passages qui paraissent d'une émotion sentimentale irrésistible, auxquels on ne peut que pleurer, la jeune fille intéressée s'entend demander par sa suivante : « Est-ce que tu sens dans ton vagin l'humidité qui précède l'amour? » Vraiment, c'est ainsi qu'on parlerait d'une jument en chaleur. Cependant, la jeune fille répond sans s'étonner et gracieusement

[1]. Le sperme met l'Hindou dans un état de jubilation mystique. Il en voit ses déesses couvertes. (Lire *Atharva Veda*, livre VIII, hymne IX.)

de ces choses comme les jeunes filles savent répondre :

« Oh! Tais-toi, comment fais-tu pour lire ainsi dans mon cœur? »

Or, l'Européen se sent devenir tout rouge. C'est qu'il n'a pas d'équilibre total.

Dans l'amour de l'Hindou, il y a quelque chose d'assis, de perpétuel, de *constant*, non de spasmodique. Tous les Européens ont été déçus, qui ont eu des rapports avec des femmes indiennes.

*

« Arranger le monde des êtres et des choses, et des sentiments, sans qu'il y ait de casse. »

Le monothéisme est une violence. L'Hindou même, qui croit à un Dieu, en admet plusieurs, il ne voudrait pas rétrécir quoi que ce soit : « Venez à moi », il médite les genoux ouverts.

Le Dieu des Chrétiens, il faut percer jusqu'à lui. Les dieux hindous sont partout. L'Hindou ne tue pas, il veut vivre en paix avec tout le monde (encore maintenant 95 % des Hindous ne mangent pas de viande).

Même le saint, celui qui a renoncé, ne commence pas par la violence envers soi. Voici son tableau de vie. Quatre états successifs:

Brachmacharya. — Adolescence, et ses vertus de chasteté et d'obéissance.

Grihasta. — Mariage. Vie en commun. Vie sociale.

Vanaprastha. — Détachement progressif.

Sannyasa. — Vie de renoncement.

On voit les ménagements pris avec la nature.

Les obstacles à la perfection sont en effet l'ignorance, la curiosité sexuelle comme opposée à l'amour naturel de la femme et de la famille avec ses responsabilités naturelles, et la curiosité du monde.

Leurs dieux se comportent comme des héros ou comme des hommes. Ils ne se sont pas faits violence. Ils sont l'homme à la puissance magique. Mais ils n'ont pas d'élévation morale. Ils ne sont pas connus comme abstinents; seuls les saints, au plus haut degré, le sont et du reste infligent des défaites aux dieux.

Çiva, selon une des légendes, faisait l'amour avec sa femme quand deux dieux, *Vischnou* et *Brahma* je crois, entrèrent. Loin de s'arrêter, il continue carrément. Il avait bu un peu. *Vischnou* et *Brahma* sortirent. *Çivà* reprend son sang-froid et demande ce qui s'est passé. On le lui apprend. Il dit alors cette parole si humaine (je la dis de mémoire) en touchant « sa nature » comme on disait autrefois : « Et pourtant, là aussi c'est bien moi. » Et ensuite : « Celui qui l'adorera, c'est moi qu'il adorera. »

L'Inde maintenant est remplie de *lingams.* Il y en a des centaines de millions, pas seulement dans les temples. Si vous voyez des pierres dressées plus ou moins polies sous un arbre, c'en est. On en porte au cou, dans un petit étui d'argent.

L'institution même des castes a bien probablement été au début une formule permettant à tout le monde de vivre sans se priver et avec une sorte de participation à la divinité, par le seul fait d'être au service et aux ordres des Brahmes.

Quant aux « hors castes », et à la grande honte que les castes sont devenues maintenant, il est bon de rappeler, à leur sujet, que les bons Samaritains sont très rares aux Indes, plus qu'ailleurs, et que l'Hindou adore tenir quelqu'un sous son talon.

L'Hindou a toujours désiré englober tous les dieux, toutes les religions. Il y réussit dans l'Inde du Sud et à Ceylan.

Mais avec les Musulmans, ce n'est pas aussi facile. Le Musulman dit : « Il n'y a de Dieu que Dieu et Mahomet son prophète. » Ça règle la question.

Restent les Chrétiens. Mais les Chrétiens sont des Blancs actifs, conquérants et missionnaires-nés, ravis de la parole : « Allez et évangélisez la terre. » C'est eux qui essaient de convertir les Hindous. Cependant, maintenant encore, ceux-ci cherchent une religion universelle, qui les engloberait toutes.

Vivekananda poussera la bonne volonté et la science psychique jusqu'à chercher l'union extatique par la technique musulmane, chrétienne, bouddhique, etc. — « Et il y réussit ! »

*

Celui qui fait aux Indes son premier voyage, disposant de peu de temps, se gardera bien de le passer en chemin de fer.

Les douze mille kilomètres sont d'usage. Il ne se les imposera pas.

Il regrettera que des intellectuels dont il pourrait tirer d'excellents renseignements habitent les villes, il le regrettera, mais il n'y séjournera pas. Et dans les villages il priera et méditera.

Il n'abusera pas trop de la lumière des lampes. Il abusera plutôt de la nuit.

Et surtout il se mettra en tête, une fois pour toutes, qu'il est un alcoolique, et s'il ne prend pas d'alcool, qu'il est un alcoolique qui s'ignore, espèce mille fois plus difficile à soigner.

Qu'il ne cherche pas plus loin, la viande c'est l'alcool.

Si les regards des Indiens l'agacent, il ne se fâchera pas, il ne dira pas : « Ces yeux de mules me font enrager », il saura que ces yeux l'agacent parce que contenant un élément élevé ou pas élevé, mais qu'il ne *saisit pas*.

Il se mettra soigneusement en tête que la viande est un mal, un mal qui ne songe qu'à sortir. Elle sort en gestes, méchanceté, travail. Et maudits soient ces trois-là !

Il se méfiera de l'œuf qui n'est pas tellement inoffensif qu'il ne déclenche lui aussi sa part d'agressivité.

Il étudiera comment il faut s'asseoir pour être acquiesçant, et non pas critique et toujours sur la défense.

Il jeûnera, se rappelant la parole de Mahomet, que le jeûne est la porte de la religion, et il vivra grâce à ses poumons, l'organe du grand accueil (ce qu'on ne mange pas, on doit le respirer).

Il tirera à lui l'air, l'air pur, l'air qui s'échappe, l'air expansif, l'air sans visage, l'air illimité, l'air qui n'est à personne, l'air vierge, l'air intime qui nourrit sans toucher les sens.

L'introduire n'est rien, le lancer c'est tout, dans les centres, les lotus, les centres de l'abdomen, les centres fiers, le centre frontal de la lumière blanche, et dans les pensées, dans l'amitié de toutes les pensées et dans l'au-delà de la pensée.

*

Le Gange apparaît dans le brouillard du matin. Allons, qu'attendez-vous? Adorez-le. Il le faut, n'est-ce pas l'évidence?

Comment restez-vous ainsi droit et stupide comme un homme sans Dieu, ou comme un homme qui n'en a qu'un, qui s'y accroche toute sa vie, qui ne peut adorer ni le soleil ni rien? Le soleil monte sur l'horizon. Il se lève et se dresse devant vous. Comment ne pas l'adorer? Pourquoi toujours se faire violence?

Entrez dans l'eau et baptisez-vous, baptisez-vous matin et soir et défaites la cape des souillures.

Oh! Gange, grand être, qui nous baigne et nous bénit.

Gange, je ne te décris pas, je ne te dessine pas, je m'incline devant toi, et je me fais humble sous tes ondes.

Fortifie en moi l'abandon et le silence. Permets que je te prie.

Aux Indes, si vous ne priez pas, vous avez perdu votre voyage. C'est du temps donné aux moustiques.

*

La décence des femmes et des jeunes filles Bengali, leur modestie qui agace tant d'Européens est pourtant un spectacle admirable et reposant. Se voilant en partie le visage dès qu'elles aperçoivent un étranger et surtout quittant immédiatement le milieu du trottoir pour en prendre l'extrême bord, quelle différence avec les Européennes... Moi qui avais trouvé les Anglaises réservées! Les jambes presque nues, et que rien ne protège, qu'un chien même en passant pourrait toucher, elles passent, ne baissent pas les yeux, ne cachent pas leur visage. Et puis les seins en évidence, prêts pour on ne sait quelle attaque...

J'ai assisté à une sortie d'usine (une usine de jute); des ouvriers et ouvrières. A peine si elles parlaient, elles se tenaient à distance, le *sari* les enveloppant très convenablement. Quel maintien [1]!

Chacune en elle-même. C'est toujours étonnant une foule hindoue. Chacun pour soi. Comme à Bénarès, dans le Gange, chacun pour soi attentif à son salut.

*

Pour l'Hindou, la religion compte et la caste; le reste, ce sont des détails. Il porte clairs et nets sur son front, en gros traits horizontaux ou verticaux en bouse de vache, les signes de son culte.

Pour l'Hindou comptent les prescriptions et l'artificiel.

Il faut dire qu'avec la pauvreté des besoins qu'il a toujours eue, il semblait destiné à cette orientation. Là où ses besoins finissent, l'Européen se repose, mais l'Hindou n'a pas de besoins. Il fait un repas aussi bien que trois, un jour il mange à midi, le lendemain à sept heures; il dort quand ça se trouve et où il se trouve, sur une couverture posée sur le sol.

En fait de misère et de dénuement on ne l'étonnera jamais.

Il faut voir les hôtels qu'il y a chez eux. Diogène faisait l'original parce qu'il habitait un tonneau.

1. Et pourtant, dès qu'elles travaillent, elles sont perdues de réputation. Et elles le méritent, paraît-il.

Bon! mais jamais il ne songea à le louer à une famille, ou à des voyageurs de Smyrne, ou à le partager avec des amis.

Eh bien! dans un hôtel indien, on vous donne une chambre où il y a place seulement pour une paire de pantoufles. Un chien qu'on y logerait étoufferait. Mais l'Hindou n'étouffe pas. Il s'arrange avec le volume d'air qu'on lui donne.

Le confort le dérange. Il lui est hostile. Si le peuple qui l'a conquis n'était pas un peuple aussi fermé que l'anglais, l'Hindou l'aurait rendu honteux de son confort.

En fait de souffrance on n'étonne pas davantage l'Hindou.

Un aveugle pauvre en Europe excite déjà une compassion notable. Aux Indes, qu'il ne compte pas sur sa cécité pour émouvoir... Non, qu'il ajoute à sa cécité, des genoux broyés, un bras coupé, ou tout au moins la main, et qu'elle soit sanguinolente autant que possible, puis une jambe de moins et le nez rongé, cela va de soi. Un peu de danse de Saint-Guy dans ce qui reste, alors peut-être il pourra se présenter utilement. On comprendra que sa situation laisse à désirer, et qu'un petit sou lui fera plaisir. Mais ce n'est pas sûr. Ces spectacles sont tellement ordinaires, tellement nombreux. Il y a des maigreurs telles qu'on se demande si elles viennent de l'homme ou si elles ne viennent pas du squelette.

Il y a un mendiant qui, sans mains, et les jambes

paralysées, se traînant sur les genoux, portant une besace attachée par une corde aux reins, qu'il traîne à deux mètres derrière lui, parcourt *Chowringhee* (le grand boulevard de Calcutta) le matin. Croyez-vous qu'il fasse « grand argent »? J'ai eu l'ignoble curiosité de le suivre une demi-heure durant, il a récolté 2 *cuivres* (il y a 4 cuivres dans un anna et 16 annas dans une roupie de 7 francs). Il y en a qui, titubant, ne font pas dix mètres en une matinée, tombant et se relevant. Dans la même ville, vivent les rajahs, les gens les plus riches du monde avec les milliardaires américains. Mais non, chacun sa destinée. On s'en arrange. Quand un égoïste devient bigot, il devient cent fois plus égoïste [1].

*

Je fus un jour introduit dans le bureau d'un avocat indien, à Calcutta.

Je n'ai aucune déclaration spéciale à faire à son sujet. C'est un homme éminent et bien connu au Palais.

Je voudrais tout de même dire un mot de ses dossiers. Sur des étagères se trouvaient des paquets

[1]. La doctrine hindoue est qu'il est inutile d'aider quelqu'un matériellement, qu'il faut aider quelqu'un *réellement* spirituellement, et encore est-ce très difficile. *Dhan Gopal Mukerji* définit ainsi un hôpital : une solide maison de déception où les hommes retardent l'évolution de leur âme en faisant du bien.

de linge sale. Ce n'étaient pas des paquets de linge sale, c'étaient des dossiers, et serrés, qui se trouvaient dans de vieux essuie-mains, par les trous desquels passaient soit la signature des greffiers, soit des mots de moindre importance. Quelques papiers plus avancés que d'autres s'agitaient faible-ment dans le courant d'air.

Il va sans dire que, du point de vue juridique, je me garderai bien d'élever la voix.

Quant aux autres points de vue, je me contente, pour le moment, de faire des réserves.

D'autres maisons qu'il m'a été donné de voir n'appartenaient pas à des avocats. Si elles n'avaient été que vides! Mais c'était d'un laid, d'un rococo!

Pour un mariage, ils dépensent jusqu'à 50 000 roupies (un demi-million). Et c'est hideux!

Aux Indes on peut s'habituer à ne manger que du riz, à ne plus fumer, ni boire d'alcool ou de vin, à manger peu.

Mais être entouré de laideur, c'est la dernière austérité. Elle est très rude.

Pourquoi tant de laideur?

En ce peuple vieux de trois mille ans, le riche a encore les goûts d'un parvenu.

*

Un philosophe occidental qui passait par ici se sentit envahi d'un sentiment panthéistique, dû, pensa-t-il, à la chaleur et au voisinage de la jungle et fut de la sorte éclairé sur les causes profondes des religions et philosophies hindoues. C'était fatal, on ne pouvait être que panthéiste sous ce climat.

S'il arrive à cet écrivain de se rendre sur les bords du *Marañon* (Haut-Amazone) et du *Napo*, où il fait bien chaud aussi, et où il y a de la vraie jungle, il ne manquera pas d'être surpris, j'imagine, de trouver des tribus d'hommes allègres, vifs, de sang-froid, précis et nullement portés au panthéisme.

D'ailleurs, l'Inde n'est pas un pays tellement chaud qu'il faille y manger sous la douche. Et il y a quatre mois plutôt froids. L'hiver, quand on fait ses ablutions dans le *Haut-Gange*, on grelotte. A *Delhi* tout le monde tousse. Le directeur du Collège *Dupleix*, à *Chandernagor*, endosse son pardessus.

Quant à la jungle, c'est un luxe que les Hindous, qui sont des pères de familles nombreuses, ne peuvent plus se permettre. Ils l'ont réduite au strict minimum. Ils ont mis à la place des rizières et des champs.

Les arbres qu'on voit dans le Nord sont rares, isolés, grands, à l'immense et beau feuillage en forme de parasol. Ils donnent à la campagne une très belle paix majestueuse.

Il semblerait plutôt que ce soient les famines (si la pluie tarde à tomber en été, la famine est sûre et certaine), les maladies sans nombre, les serpents plutôt que la forte chaleur, qui aient touché l'Hindou, et non pas pour lui donner précisément le panthéisme, mais une impression comme le marin peut en avoir sur mer et un certain défaitisme.

Cependant des tribus, parmi les plus anciennes, de véritables indigènes comme les *Santals*, n'ont pas du tout les caractéristiques de l'Hindou. La nature les a influencés d'une tout autre manière; dégagés, alertes, aimables, ils sont demeurés inintéressés par le culte et la religion brahmaniques de ceux qui les entourent pourtant de toutes parts.

D'ailleurs ce n'est pas la jungle qui fait le tigre, mais le tigre va dans la jungle de préférence. Il vit aussi dans les montagnes, par les plus grands froids.

Il semble que chaque peuple se fixe préférablement dans un certain genre de contrées, quoiqu'il puisse prospérer dans plusieurs.

Les Portugais dans les plaines (Portugal, Brésil), les *Espagnols* sur les hauts plateaux (Mexique, Pérou, Équateur, Chili, Venezuela, etc.). L'Arabe est plus lui-même, dans le désert (Arabie, Égypte, etc.). Il se fait que le *cactus* (plateaux et pampas d'Amérique du Sud) est la plante la plus serrée, la plus fermée, comme l'Indien des mêmes pays.

La plupart des arbres sont plus élancés en Italie qu'en France. Dès Turin la différence est frappante. Les feuilles de marronniers sont plus épaisses à *Bruxelles*, plus légères à *Paris* — et en général tous les végétaux de la région de Paris et de Bruxelles présentent une légère différence dans le même sens. Faut-il dire que le Belge préfère voir de bonnes grosses feuilles de marronniers que de plus délicates? Qu'il a préféré habiter la Belgique pour cette raison?

Que c'est le spectacle de ces végétations plus charnues qui l'a rendu d'esprit... un peu moins délié et un peu plus en chair?

Que buvant l'eau du même sol que les plantes, entouré de la même qualité d'humidité, de vent, des mêmes *tonus* et enfin mangeant quantité de produits de cette même terre, il leur est devenu un peu semblable aussi?

Que grâce à l'humidité persistante, ayant eu au cours des années les sinus largement développés, il ne lui convient pas de s'éloigner de ces régions, pour une Provence sèche, où il respirerait mal, et pour des déserts africains encore plus secs?

Non, il ne faut pas dire cela, c'est seulement bien au-delà que l'explication pourrait devenir intéressante.

*

L'Inde chante, n'oubliez pas cela, l'Inde chante. Partout, depuis *Ceylan* jusqu'à l'*Himalaya*, on chante. Quelque chose d'intense et de constant les accompagne, un chant qui ne les « détache » pas.

Peut-on être tout à fait malheureux quand on

chante? Non, il y a un désespoir froid qui n'existe pas ici. Un désespoir sans recours et sans au-delà qui n'existe que chez nous.

L'Asiatique est étudiant-né. Le Chinois ne connaît que les *examens*. L'examen fait le mandarin de toute classe.

L'Asiatique sait accepter, être acceptant, être disciple. J'assistai à Santiniketan, au Bengale, à une conférence sur un texte védique. Bonne, mais pas exceptionnelle. Les étudiants étaient là, prêts à tout, tout accepter. Je sentais des envies de les insulter.

Dans la littérature indienne et plus encore dans la chinoise, il y a trois lignes de citation pour dix de l'auteur.

Il s'agit de se montrer bon élève.

Si quelqu'un au Bengale vous rencontre, vous sachant écrivain : «Alors, vous avez fait les Lettres. Quel est votre degré? » Cela, il le demande tout de suite. Naturellement dites « Docteur » et fussiez-vous charcutier, dites «Docteur en charcuterie». Ils me demandaient encore : « Quel est votre maître? » Quand je leur répondais : « Mais aucun, pourquoi? », ils ne me croyaient pas. Ils imaginaient je ne sais quelle ruse de ma part.

*

Ce à quoi je ne m'habituerai jamais, c'est à les

voir s'abaisser devant moi. Non, je ne suis pas un *rajah*, ni un *nabab*, ni un *zémindar*, ni un grand ni un petit seigneur. Je suis comme tout le monde, vous entendez. Puissé-je ne pas renaître Hindou plat. Soyez simples, je vous prie, je n'ai rien d'extraordinaire, ni vous ni moi, ce n'est pas la peine de se jeter par terre. Non, je n'ai pas besoin de domestiques. (Un « cuisinier » était tout de même parvenu à se faire engager, stylé comme pour servir un prince.)

Les domestiques m'ont toujours été terriblement pénibles. Quand j'en vois un le désespoir m'envahit. Il me semble que c'est moi le domestique. Plus il est plat, plus il m'aplatit.

Ah! ils peuvent se vanter, les Brahmes, d'avoir fait du beau travail. Pendant plus de deux mille ans, ils sont arrivés à abaisser, à avilir deux cent cinquante millions d'hommes.

Ce résultat unique dans l'histoire du monde suffit, il me semble, à dégoûter des *Lois de Manou*, avec leurs deux poids et deux mesures. Il y a peu de temps encore, un Intouchable qui allait traverser une route devait agiter une sonnette et crier bien haut : « Attention, Brahmes des environs, un salaud, un misérable Intouchable, va passer. Attention, le rebut va passer. » Ce pauvre homme qui n'avait accès ni au temple, aux travaux plus ou moins intelligents, à la société humaine, ni à rien, qui ne pouvait que se mépriser lui-même, pouvait encore n'être pas écrasé par sa situation au point de ne pouvoir trouver le « véritable Dieu ».

Mais l'abjection de la situation *salissait complètement le Brahme.* Pour supporter qu'un être humain vous traite avec une telle bassesse, pour l'obliger à le faire, il faut être bas soi-même, installé dans la bassesse et l'ignorance.

Maintenant la situation change. Jaloux, souvent ignorants, cent fois moins représentatifs de la vraie Inde que de simples tisserands ou des membres de castes moyennes ou inférieures, les Brahmes commencent à voir ceux-ci faire front contre eux. *Ranassanry naiker d'Erode* crée à *Madras,* la *self-respect-association.* C'est assez dire que les Brahmes en sont exclus. Ces années sont les toutes dernières années de leur domination.

Dans la Présidence de *Madras,* à peine s'ils osent encore voyager en chemin de fer. Dès qu'on les voit arriver avec leur fameux cordon sur le ventre, on les interroge, on met leur inénarrable bêtise à l'épreuve. Ils restent bientôt « à quia ».

Dans une université pourtant très désireuse d'un rapprochement entre l'Occident et l'Orient, un éminent sanscritiste hindou fut prié par un des Européens qui connaissent le mieux la musique du Bengale, du Nord de l'Inde et du Népal, de traduire pour le public européen tel et tel texte de chansons : « *Est-ce qu'on jette des perles au-devant des pourceaux?* » telle fut la réponse. C'est grâce à cette conception, que les experts en perles, qui gardent trop longtemps des perles, deviennent pourceaux.

C'est grâce à cette conception qu'ils ont entretenu l'ignorance et la mécompréhension de leur propre religion parmi des dizaines de millions des leurs.

*

Il ne faudrait pas croire que l'Hindou est écrasé sous le nombre des prescriptions, et que c'est *en cela* que sa religion est tyrannique comme on l'écrit souvent.

L'Hindou est naturellement ravi des prescriptions. Celles de la religion sont insuffisantes, il ne demande qu'à en suivre davantage.

Même en amour, il est ravi de suivre des prescriptions *(Kama Sutra)*.

Même voleur, il est ravi de suivre des prescriptions. Dans une pièce ancienne (de Kalidasa, je crois) où le voleur cherche à pénétrer dans une propriété voisine, dont un mur et une porte le séparent, celui-ci d'énumérer complaisamment le code du vol, ses différentes règles, et de s'arrêter enfin à la règle numéro 6 qui était « prescriptions à suivre en cas de vol avec effraction ».

Un ami hindou, si je lui rendais un service, me donnait en général le lendemain, en manière de remerciements, un méchant bouquet (aux Indes, on ne sait pas faire un bouquet, mais on en offre tout le temps, pour entrer en matière) et quelques prescriptions, comme de lever le pied droit pour respirer à droite, de ne jamais uriner sauf en respirant de la narine gauche, de s'introduire l'auriculaire dans l'oreille après le coucher du soleil, etc.

Je regrette vivement que ces prescriptions ne valussent guère la peine d'être suivies, j'aurais été ravi d'être pour une fois en de bonnes mains et soumis à des directions étrangères et sûres.

*

En France, un poète devenu presque national s'est vu invité à parler de tout. Et, ma foi, il accepte. Sur tout il pensera. Tout ce qu'on peut tirer de pensable d'un sujet, quoique en étant ignorant, il le tire. Et chose qu'on ne peut nier, il fait penser, quoique en général à tout autre chose.

Les Grecs étaient pareils (pas seulement les sophistes).

Mais l'Indien leur est supérieur à tous. Il n'y a pas de vide pour lui. Ignorant d'un sujet comme une pierre, il le meuble aussitôt.

Son histoire naturelle, qui ne contient que peu de bonnes observations, ne laisse pas d'énumérer dix-huit manières de voler, dix-sept de tomber, onze de remonter, quatorze de courir et cinquante-trois de ramper.

Dix-huit manières *verbales* de voler naturellement, sans un croquis, sans un détail, mais dix-huit et pas dix-neuf. Dix-*huit* et la question de voler a reçu tout apaisement.

*

L'adoration comme l'amour présente une pente fatale. Qui s'y laisse aller, va loin...

Vous adorez? Bien! Des preuves!

Ici vient le sacrifice, le « palpable » de l'adoration.

Dieu écoute distraitement la prière. Mais que du sang soit versé pour lui, il approche. Il est obligé de venir. On le prend avec une victime.

L'Hindou comme personne est attiré par le sacrifice. S'il offre une chèvre, c'est parce qu'on l'empêche d'offrir plus.

Il y avait une caste, autrefois, qui parcourait l'Inde dans le but de fournir au Dieu des sacrifices humains. Ils vous attrapaient sur la route, vous emmenaient devant un autel, et vous serraient le cou avec un lacet. Dieu qui, en apparence, accepte tout, ne disait rien. Et contents, ils repartaient à la recherche d'un autre homme. C'est ainsi que nombre de voyageurs cessèrent de donner de leurs nouvelles à leurs familles et à leurs proches.

Je me demande maintenant si le trait suivant est lié à la religion : Il y a chez l'Hindou une propension à se dépouiller qui lui est aussi naturelle que de s'asseoir. Tout le monde, à de certains moments décisifs, se réveille pour lutter ou conquérir. L'Hindou se réveille pour lâcher tout. Le temps de dire « ouf » : le roi quitte son trône, le riche se dépouille de ses habits, abandonne son palais, le fondé de pouvoir de la *Chartered Bank of India*, sa position. Et non pas au profit de quelqu'un (c'est curieux, je ne trouve jamais l'Hindou bon, il ne s'occupe pas des autres, mais de *son* salut). Mais c'est comme si son vêtement ou l'appareil de sa richesse lui faisait mal à la peau, et le plus nu et le plus abandonné qu'il sera, errant et sans famille, mieux ça vaudra.

Ensuite les austérités, et j'ai presque envie de trouver dans leurs austérités de la méchanceté.

Je ne parlerai pas du jeûne. Ils jeûnent comme d'autres mangent. Si ceci réussit, il jeûne, son veau malade, il jeûne, son commerce périclite, il jeûne.

*

Il y a encore les vœux. Dieu ne parle pas le premier. Dieu vous laisse aller et venir. Mais vous vous mettez une chaîne autour du bras, et vous lui en lancez un bout, alors qu'est-ce que Dieu peut faire? C'est comme cela qu'on peut espérer le lier lui aussi.

Nulle part, je n'ai vu les gens faire des vœux comme aux Indes. Si vous voyez un Hindou ne pas faire telle ou telle chose, soyez tranquille : c'est un vœu; il ne fume plus : un vœu; il mange des œufs, il n'en mange plus : un vœu. Même les athées en font encore. A qui l'offrent-ils? Je suppose que se lier, s'unir aux années, cette extension extraordinaire et immédiate et constante leur est une jouissance. Peut-être aussi cet asservissement à une partie secrète et autre d'eux-mêmes.

L'Hindou adore posséder le *self-control* (c'est-à-dire se tenir en main), mot qu'il prononce encore plus souvent que le mot « adorer », et avec délectation.

*

S'il y a un être saint pour les Hindous, c'est leur mère. Quel est l'ignoble individu qui oserait en dire un mot?

J'ai bien envie d'être cet ignoble individu.

Mais là vraiment je le fais à regret, car s'il y a un être qui, aux Indes, travaille et se dévoue, qui sache par la pratique ce que c'est que *vivre pour autrui*, c'est la mère.

Non, décidément, je n'en dirai pas de mal.

Je dis seulement, chose générale dans le monde, que les femmes conservent l'ordre existant, bon ou mauvais.

S'il est mauvais, c'est bien dommage.

Et s'il est bon, c'est probablement encore dommage.

Aux Indes, comme ailleurs, l'idée se forme de plus en plus que c'est la génération suivante qui compte. Autrefois on se sacrifiait pour la précédente, pour le passé, maintenant pour l'avenir.

Un des spectacles les plus étonnants que j'ai vus, ce fut le ventre de mon *gourou yogi*.

Il attrapait son souffle de façon haute, lente et comme drainée. Il l'engageait en lui par la poitrine, le ventre, et le tassait presque entre ses jambes. Plusieurs des instructions qu'il me donna, je ne les comprends que maintenant. Sur le moment, j'étais hypnotisé par son ventre, le ventre apparu soudainement et gonflé comme s'il recelait une tête ou un fœtus, et qui ne se réduisait que lentement.

En effet, l'inspiration chez lui durait exceptionnellement. Il apportait une grande attention à ne pas se blesser, car le souffle peut blesser dangereusement, comme un couteau.

Cet homme extraordinaire dont la poitrine superbe enfouissait des litres d'air, et qui les distribuait ensuite dans son âme, qui paraissait encore assez jeune malgré ses quatre-vingts ans, n'avait non plus rien d'un saint. Il était au-dessus de la misère humaine, inaccessible plus qu'indifférent, avec une bonté presque invisible, et aussi peut-être un air légèrement peiné comme ces personnes atteintes de gigantisme, ou qui possèdent plus de talent que de personnalité.

*

L'éclat des yeux peut tromper au premier moment. Mais on rencontre souvent des laideurs particulières, vicieuses, psychiques.

Certains vieillards sont beaux. Mais alors beaux sans égal. Aucun pays n'a de vieillards d'une majesté comparable, sortes de vieux musiciens, de vieux faunes, qui connaissent toute la vie mais qui n'en ont pas été détériorés, ni même excessivement émus. Mais ils deviennent beaux.

Pour l'Hindou et le Bengali, une fois passé l'âge de huit ans et jusqu'à soixante, c'est l'âge ingrat. Il a l'air niais. La vie est pour lui l'âge ingrat. La tête de *Tagore* à soixante ans est splendide, absolument splendide. A vingt ans, c'est une tête qui ne vit pas assez, qui n'a pas d'élan, et qui n'est pas encore assez reposée, pas assez sage, tant la sagesse est la destinée de l'Hindou.

On a eu raison de persuader aux Hindous qu'ils avaient à atteindre la sagesse, ou la sainteté. D'après la seule étude de leur physionomie, je leur donnerais exactement le même conseil. Soyez saints, soyez sages.

Ces figures dégradées, abâtardies : cet air bêta, ces fronts bas, niais, que je n'invente pas (ouvrez un magazine, l' *Illustrated Weekly* ou n'importe quel autre), cette impertinence, le manque de honte (ils s'absolvent de tout), l'air de cupidité (quand ils sont cupides, non, le commerce non plus ne leur convient pas! Les *Marouaris* « vendraient le lait de leur mère », dit le proverbe, pour faire de l'argent), l'air fat, rasta, prétentieux, égoïste, enlaidissent des millions de visages. Les puissants du monde aux Indes ont très rarement un beau visage. J'en ai vu un seul, mais tellement éblouissant! Je suppose que c'est à cause de cette plénitude vigoureuse de la beauté quand elle existe chez eux, mais exceptionnelle, qu'on a toujours dit qu'ils étaient beaux.

A leur visage ce qui fait le plus de tort c'est la prétention, la fatuité [1]. A leurs appartements ce qui fait le plus de tort c'est la prétention (sept ou huit lustres dans une chambre par ailleurs vide et inattrayante, non vraiment ce n'est pas plaisant) et aux 99 % de leurs décors, et de leurs poèmes épiques.

Enfin, si vous n'apercevez pas l'ignoble de sa figure (quand il n'est pas saint ou sage), si cela ne vous a rien révélé, allez voir un film hindou [2] (pas

---

1. Le dernier des théâtres aux décors infects et « sucrés » a ses deux projecteurs pour que les faux diamants et la verroterie brillent bien.

Supprimez les basses louanges, la flatterie dans la littérature des Indiens, le tiers de chaque ouvrage en disparaît immédiatement.

2. n. n. Il s'agit des films de cette époque (1930), tellement

bengali), mais allez donc, et voyez-en dix, pour être sûr de n'être pas trompé. Là, l'eau dormante se met à bouger, vous verrez. Les figures qui deviennent bestiales, bouillonnantes, vous verrez comment on flagelle, comment on calotte et frappe comme par distraction, comment on arrache une oreille, attrape des seins, crache sur une figure, sans y attacher d'importance. Vous verrez comment même un jeune homme « sympathique » le fait et avec un naturel qui ne s'apprend pas, devant une jeune fille qu'il aime! Comment on écrase petit à petit, négligemment, un prince renversé sous un canapé; comment un père de mauvaise humeur jette son fils par terre, ou le fait mettre en prison, sans compter les martyres soignés et étudiés, où les êtres lâches et bavant de sadisme montrent cette ignominie boursouflée et infecte, où les honnêtes(!) même emploient la duplicité.

Trahison, canaillerie, bassesse constante, tous leurs drames sont là. Grosses têtes hydrocéphales, énormes, de gros mangeurs de *manteks*, d'arriérés mentaux, à fronts bas, et de repris de justice. On montre à Marseille des films « spéciaux » naturellement interdits par la police dans des salles ordinaires. Mais nulle part je n'ai vu un sadisme aussi constant et naturel que dans les films hindous, et j'en ai bien vu trente. Dans la façon souple

significatifs, où pourtant on ne montrait que des Dieux et des Brahmanes au service des dieux et des rajahs.

de broyer une main, il y avait une telle « jouissance » que moi qui ne rougis plus depuis belle
lurette, je rougissais, j'étais honteux, j'étais cou-
pable, et je prenais part, oui, je prenais part,
moi aussi, à l'ignoble plaisir.

*

L'Hindou ne tue pas la vache. Non, évidemment,
mais vous verrez souvent des vaches manger de
vieux journaux, des détritus, des excréments même.
Croyez-vous que la vache ait une naturelle prédi-
lection pour les vieux journaux? Ce serait mal la
connaître. Elle aime l'herbe fraîche, et bonne à
arracher, et à la rigueur des légumes. Croyez-vous
que Hindou ignore les goûts de la vache? Allons
donc! Depuis cinq mille ans qu'ils vivent ensemble!
Seulement, il est dur comme du cuir, voilà.

Quand il vit les Européens soigner les animaux,
il fut stupéfait. Quand un chien entre dans une
cuisine, il faut jeter dehors immédiatement tous
les aliments, et laver les chaudrons; le chien est
impur.

Mais purs ou impurs il n'aime pas les animaux.
Il n'a pas de fraternité.

Un jour au théâtre bengali, je vis représenter
un célèbre réformateur social, *Ramanan* ou *Kabir*
lui-même, qui, dans je ne sais quel siècle, tenta de
supprimer les castes [1]. Des individus venaient à

---

1. n. n. On sait qu'un homme soumis naturellement attire
un homme qui se plaît à soumettre, à commander.

lui de castes différentes. Il les bénissait tous également et les empêchait de se prosterner devant lui, alors tous les autres personnages levaient les deux bras et chantaient l'égalité et la fraternité des hommes.

Ça sonnait faux! Ils levaient toutes les cinq minutes les bras au ciel. Le public trouvait cela admirable. Oui, ils levaient les bras au ciel, mais ils ne les tendaient pas les uns aux autres. Ah! non pas de ça, boiteux, aveugles, pauvres, débrouillez-vous.

Un homme très soumis va attirer et même créer en face de lui tôt ou tard un despote. Ils vont former un couple.

Un type hindou, tolérant, patient, apathique, aimant laisser faire sans intervenir, et même s'il agit se dissociant naturellement de son acte (la *Bhagavad-Gîtâ* en fait une application pompeuse), ce type hindou très courant rencontrera fatalement quelqu'un du type opposé qui va profiter de cela. D'abord en le mettant, en l'obligeant à rester dans la caste basse et modeste qui est la sienne... et il accepte.

Cultivateur et pauvre (les 4/5 de l'Inde), il le demeurera alors des siècles et des siècles.

L'impuissant, le plus impuissant suscite le plus puissant, le rajah, les brahmes, les zémindars, les prêteurs, les usuriers. Le plus tolérant suscite le plus cupide. L'abandon hélas! lui est une jouissance aussi et il laisse dévorer par les rats et les oiseaux, sans intervenir, les grains qui vont lui manquer bientôt, qu'il lui serait aisé et peu coûteux de tenir à l'abri.

Pas seulement le pauvre, mais l'homme du laisser-aller, l'homme qui ne se défend pas, en Inde suscite, crée autour de lui des parasites, d'innombrables parasites religieux, familiaux, sociaux.

Pour augmenter encore la contrainte du cercle vicieux, la faim chronique, qui des mois durant le tient, le corps à l'état de squelette, la faim, drogue du pauvre, la pire de toutes, augmente, comme fait toute drogue, la suggestibilité, la crédulité, dont les profiteurs des sentiments religieux, ces maîtres-parasites, profitent ignominieusement.

Tout le monde connaît ces poètes qui **vous** entassent, pendant des années, des milliers de **vers** qui tous ont la larme à l'œil. Bon, mais **essayez** de leur emprunter cent sous, essayez pour **voir**. La « faculté poétique » et la « faculté religieuse » se ressemblent plus qu'on ne pense.

*

Comme il est dommage que ce soit les poumons qu'on puisse exercer, et non le cœur. Vous **l'avez** dans votre poitrine, là, pour votre vie et la **bonne** volonté le change peu. C'est lui qui fait la **bonne** et la mauvaise volonté. Ce qu'on en aurait **de** l'enthousiasme si on pouvait le manier, physiquement le manier!

Hélas! Il se fait qu'il faut trouver des objets qui valent l'enthousiasme.

*

Il est bien difficile de juger un opéra d'après le livret et un chant par les vers. Les vers ne sont qu'un support.

C'est pourquoi l'*Iliade* est difficile à juger. Le *Ramayana* bien davantage.

A le lire, on pense qu'il est démesuré, que presque tous ses morceaux sont démesurés, excessifs, en grande partie inutiles à la compréhension. Mais quand vous entendez chanter ces mêmes **morceaux** tout ce qui était long devient précisément « ce qui compte », devient une litanie surhumaine. C'est là qu'on touche l'avantage des demi-dieux. *Achille* n'est qu'un homme, *Roland* n'est qu'un homme. Mais *Arjuna* est dieu et homme. Il intervient avec et contre les dieux, et le soleil n'est qu'un soldat dans l'affaire.

Quand le combat ne se déroule pas au gré d'un héros, après avoir lancé « 20 000 flèches dans la matinée », il se retire sous un arbre pour méditer, et attention quand il rentre dans la bataille avec ses forces psychiques et son arc fabuleux!

Un jour dans une petite ville, j'entrai dans la cour d'une maison et vis six hommes nus jusqu'aux reins, des *civaïstes*, qui assis par terre, autour de livres écrits en hindi, avec des faces de dogues qui arrachent le morceau, aux mains de petites cymbales, s'enrageaient à chanter, dans un rythme rapide et diabolique, un damné chant de sorcellerie qui vous prenait irrésistiblement, claironné, extasié, supérieur, oui, le chant du surhomme.

Avec des chants pareils, on se jette sous les roues du char des dieux. Eux, mais moi-même je me serais jeté sous les roues avec un chant pareil. Le chant de l'affirmation psychique, de l'irrésistible triomphe du surhomme.

Eh bien, ce chant était le même *Ramayana* que je trouvais si inutilement long et vantard.

*

Il y avait dans cette cour un très vieil homme :
il me salua, mais j'aperçus le salut trop tard. La
musique reprit et je me disais : « Pourvu qu'il me
regarde encore! » C'était un pèlerin, il n'était pas
d'ici. Il m'avait semblé qu'il avait de l'amitié
pour moi. La musique s'acheva. J'étais transporté.
Il se retourna sur moi, m'adressa son regard, et
sortit. Dans son regard, il y avait quelque chose
pour moi, particulièrement. Ce qu'il m'a dit, je le
cherche encore. Quelque chose d'important, d'es-
sentiel. Il me regarda, moi et ma destinée, avec
une sorte d'acquiescement et de réjouissance, mais
un fil de compassion et presque de pitié y passa
et je me demande ce que cela signifie.

*

J'ai ici, à *Puri* (province d'*Orissa*), un peu la même
impression que j'eus à *Darjeeling :* un immense
soulagement, je rencontre d'autres hommes que
les Bengalis. Mais c'est au Bengale que j'ai
préféré rester et je me suis toujours persuadé que,
retourné en France, ils me manqueraient rudement,
mais déjà ici, ils me manquent. J'ai quitté depuis
deux jours le Bengale et je le regrette. Ici, il y a
des gens charmants qui vous sourient... et puis?
Mais là, on circulait dans l'*opaque*.

*

Le Dieu des Hébreux était loin. Il se révéla au mont Sinaï, de loin, dans les éclairs et le tonnerre, à un seul homme, et tout ça pour lui donner dix commandements gravés sur pierre.

Un jour son fils s'incarna. A partir de ce moment une nouvelle ère s'ouvre dans le monde. Rien ne se reconnaît plus. Une espèce d'enthousiasme et de sécurité envahit le monde.

Mais pour l'Hindou, dans le pays duquel vingt ans ne se passent pas sans qu'un dieu s'incarne, et rien que Vischnou s'y incarne douze fois, cela n'est rien. Il se sent extraordinairement en famille avec ses dieux, espérant les avoir pour fils, et les jeunes filles pour maris. Aussi les *shaktas* (prières) ressemblent-elles par leur familiarité à la pire prose, et les invectives y figurent en bon nombre.

*

Quand vous demandez à un Hindou du Sud les noms des dieux figurés sur les *gopurams*, il s'en trouve toujours quelques-uns qu'il ne reconnaît pas. « Il y en a tellement », dit-il, et l'on voit alors sur sa figure ce sourire spécial de l'homme repu et riche, et qui ne doit pas se priver, et l'on se demande si cette sensation n'était pas nécessaire à l'Hindou.

Dans le Sud surtout, quand on voit les temples,

les centaines de dieux à la figure qui ne dit rien
de bon, la séparation entre la conception religieuse
d'Occident et la conception hindoue paraît un abîme.

C'est une religion de démons, se dit-on, c'est clair.

D'autre part, quand on ¹it le *Ramayana*, on
voit que les trois quarts du livre sont composés
de canailleries et les trois quarts des puissances
surnaturelles de canailles. Démons, ermites, dieux
inférieurs, tous occupés la plupart du temps au
mal, à la guerre, difficilement et inefficacement
contrôlés par les grands dieux qui sont nettement
imprévoyants et débordés. Mais alors quelle est
la différence entre dieux et hommes?

Elle se résume uniquement en ceci. Ils *possèdent
de la force magique*. Mauvais dans la même pro-
portion que les Hindous ou davantage, ils usent leur
force magique à faire du mal, à leur cupidité, à
leur concupiscence, et cela avec des ruses infectes.

Or, tout autre peuple serait révolté. L'Hindou
pas. La *force psychique* compte seule. L'idéal, il y
a encore quelques années, était d'acquérir la maîtrise des forces psychiques. Un homme qui peut
lancer une malédiction, qui peut détruire par
magie, a chez eux toujours été particulièrement
considéré.

Un des plus grands saints et des plus émouvants
qui soient au monde, *Milarepa* ¹, commença, lui

----

1. n. n. Mauvais exemple. Il était tibétain. Plus tard, i.
eut pour maître un Marpa. Difficile de savoir s'il utilisait
des sortilèges venus des Indes.

aussi, par la magie noire; à onze ans, par esprit
de vengeance, il détruisait des récoltes, y faisant
tomber de la grêle, jetait partout des crapauds,
des bêtes immondes, détruisant une maison et
ses occupants.

Il commença par là. Ensuite, il expia. Et le
récit de son expiation est la beauté même.

L'Hindou a de la force psychique et il en use.
Mais la bonté est chez lui plus rare qu'ailleurs.
Faire du mal par voie psychique est sa première
tentation. Faire du bien est une exception.

*

Un aquarium est ordinairement composé en
Europe d'une très grande quantité de récipients,
de bassins et de cages vitrés où vous trouvez
ce que vous avez vu partout et même dans
votre assiette. Et en effet, les inscriptions portent
« truite », « perche », « brochet », « plie », « carpe » de
trois mois, carpe d'un an, carpe de deux ans, etc.,
parfois un poisson-chat, et quand on veut bien
faire les choses, une « limule », une « pieuvre » et
deux ou trois hippocampes.

L'Aquarium de *Madras*, lui, est *tout petit*. Il
n'a pas plus de vingt-cinq compartiments. Mais
il n'y en a peut-être pas deux d'insignifiants. Et
la plupart stupéfient.

Quel poisson peut rivaliser en étrangeté avec
Autennarius hipsidus? Une grosse tête bonasse,

tête gigantesque de philosophe, mais où autant de savoir est entré dans le menton que dans le front, un énorme menton-sabot, pas très avancé mais fort haut. Deux nageoires, qui sont deux véritables pattes de devant sur lesquelles il s'accroupit, et fait le crapaud ou le sanglier. S'il les meut à droite ou à gauche ou contre les vitres, ces pattes deviennent de véritables mains avec avant-bras, des mains lasses, qui n'en peuvent plus.

Il a une crête sur le nez, il est de la grandeur d'une grenouille, d'un jaune de gilet de flanelle, et avec cette même consistance, et même avec des petits points qui sortent, et on se demande comment cette volaille plumée n'est pas mangée immédiatement par les voisins.

Il reste accroupi pendant des heures sans bouger, il a un air abruti qui ne ment pas. Car si une proie ne passe pas devant sa bouche, il ne se déplacera pas. Mais si elle passe juste devant, alors, oui, les mâchoires s'ouvrent, happent, se referment et font « clac ».

Quand la femelle pond, c'est quatre mètres de gélatine et d'œufs qui lui sortent du corps.

Dans l'espèce des *Tétrodons*, la plupart feront difficilement accroire à première vue qu'ils ne sont pas artificiels et fabriqués de toutes pièces, soit en maroquin, soit en étoffe pour pyjama, soit, les plus beaux, en peau d'ocelot ou de guépard. Ils ont l'air tellement rembourrés, gonflés, sans forme, espèces d'outres. Mais ces outres sont des enragés *(Tetrodon ollongus, Karam pilachaï);* dès qu'il s'en trouve un parmi eux, qui soit un peu fatigué ou malade, ils s'assemblent, l'attrapent, les uns par la queue, les autres par les nageoires de devant, le tiennent solidement, pendant que le reste lui arrache des morceaux de chair du ventre tant qu'ils peuvent. C'est leur grande distraction.

Vous n'en verrez pas un parmi eux qui ait la queue entière. Il y a toujours quelque affamé pour lui donner un coup de dent, avant que l'autre ait le temps de se retourner.

Le *Mindakankakasi* a une tache oblongue dans l'œil.

D'abord il a une très belle prunelle noire, puis là-dessus une tache, une très grande raie d'un bleu foncé, sombre canal qui se prolonge jusqu'au sommet de la tête.

Et quand il est malade, il ne peut se tenir à l'horizontale. Il avance tête en bas, la queue effleurant l'eau.

Le *poisson-scorpion* est un poisson pour autant que dix petits parasols unis à un petit corps peuvent former un poisson, aussi est-il infiniment plus embarrassé que n'importe quel poisson chinois.

Il y avait encore deux poissons extraordinaires dont je n'ai pu trouver les noms. L'un avec des orbites développées comme l'homme de Néander-

thal, un autre un peu moins, l'air extraordinairement humain, du type caucasien (alors que les
poissons, à cause de leur orbite absente, ressemblent en général plutôt aux races mongoles).
Et une bouche bien dessinée, fine et presque spirituelle, et il montre les dents ou plutôt une petite
languette cornée qui lui fait une sorte de moue.
Sa nageoire dorsale au repos se plie en quatre
ou cinq.

Et il y en a vingt autres encore qui paraissent
tout nouveaux et surgis de l'inconnu.

Certains s'étonnent qu'ayant vécu en un pays
d'Europe plus de trente ans, il ne me soit jamais
arrivé d'en parler. J'arrive aux Indes, j'ouvre
les yeux, et j'écris un livre.

Ceux qui s'étonnent m'étonnent.

Comment n'écrirait-on pas sur un pays qui
s'est présenté à vous avec l'abondance des choses
nouvelles et dans la joie de revivre?

Et comment écrirait-on sur un pays où l'on a
vécu trente ans, liés à l'ennui, à la contradiction,
aux soucis étroits, aux défaites, au train-train
quotidien, et sur lequel on ne sait plus rien.

Mais ai-je été exact dans mes descriptions?

Je répondrai par une comparaison.

Quand le cheval, pour la première fois, voit le
singe, il l'observe. Il voit que le singe arrache les
fleurs des arbustes, les arrache méchamment (non
pas brusquement), il le voit. Il voit aussi qu'il

montre souvent les dents à ses compagnons, qu'il leur arrache les bananes qu'ils tiennent, alors que lui-même en possède d'aussi bonnes qu'il laisse tomber, et il voit que le singe mord les faibles. Il le voit gambader, jouer. Alors le cheval se fait une idée du singe. Il s'en fait une idée circonstanciée et il voit que lui, cheval, est un tout autre être.

Le singe, encore plus vite, remarque toutes les caractéristiques du cheval qui le rendent non seulement incapable de se suspendre aux branches des arbres, de tenir une banane dans ses pattes, mais en général de faire aucune de ces actions attrayantes, que les singes savent faire.

Tel est le premier stade de la connaissance.

Mais dans la suite, ils se rencontrent avec un certain plaisir.

Aux Indes, dans les écuries, il y a presque toujours un singe. Il ne rend aucun service apparent au cheval, ni le cheval au singe. Cependant les chevaux qui ont un tel compagnon travaillent mieux, sont plus dispos que les autres. On suppose que par ses grimaces, ses gambades, son rythme différent, le singe délasse le cheval. Quant au singe, il aurait du plaisir à passer tranquillement la nuit. (Un singe qui dort, parmi les siens, est toujours sur le qui-vive.)

Un cheval donc peut se sentir vivre beaucoup plus avec un singe qu'avec une dizaine de chevaux.

Si l'on pouvait savoir ce que le cheval pense du

singe, *à présent*, il est assez probable qu'il répondrait : « Oh!... ma foi, je ne sais plus. »

La connaissance ne progresse pas avec le temps. On passe sur les différences. On s'en arrange. On s'entend. Mais on ne situe plus. Cette loi fatale fait que les vieux résidents en Asie et les personnes les plus mêlées aux Asiatiques, ne sont pas les plus à même d'en garder une vision centrée et qu'un passant aux yeux naïfs peut parfois mettre le doigt sur le centre.

*

Si vous lisez *Hind Swaraj*, de *Gandhi*, et après n'importe quel écrit politique de n'importe quel autre homme au monde, il y aura entre eux une différence capitale. Dans *Hind Swaraj*, il y a de la sainteté, il y en a des traces indubitables. *Gandhi* jeune était maniaque et raisonneur et rancunier, plus préoccupé de droiture que réellement droit, et charnel. Il est devenu meilleur. Il a vraiment cherché Dieu. Il a son jour de silence dans la semaine, de silence et de méditation. C'est pour ce jour de silence que tant d'Hindous l'aiment et, pour cela, je l'aime aussi.

Certains le tiennent pour naïf quand il déclare : « Si des citoyens anglais dans la suite veulent rester aux Indes, qu'ils gardent leur religion, qu'ils vivent en paix, mais *qu'ils ne tuent plus de bœufs*. » Moi, cela m'a ému extrêmement. Pour penser que des Anglais pourraient se priver de beef au profit d'un étranger, il faut vraiment être un homme qui croit à l'esprit de conciliation. On ne saurait assez méditer cet esprit.

Hélas, Gandhi pour les Hindous n'est qu'une étape.

En fait ils n'en veulent plus. Le peuple en veut. Mais les intellectuels sont bien au-delà. Ils ont goûté au fruit européen.

La civilisation européenne est une religion. Aucune ne lui résiste.

Ce qui est le plus couru à Bénarès, c'est le cinéma.

Dans vingt ans, ce qu'on s'en souciera peu du Gange [1]!

La civilisation des Blancs jamais ne tenta aucun peuple autrefois. Presque tous les peuples se passent de confort. Mais qui se passe d'amusements? Le cinéma et le phonographe, le train sont les véritables missionnaires de l'Occident.

Les Pères Jésuites de Calcutta ne font pas de conversions. Dans leurs classes supérieures, il n'y a pas un huitième de chrétiens. Mais tous se convertissent à l'européanisation, à la civilisation, et ils deviennent communistes!

Les jeunes ne s'occupent que de l'Amérique et de la Russie. Les autres sont des pays pour voyages d'agrément, des pays sans credo.

---

1. n. n. Quelle erreur!

Ils disent que toute la Science européenne a eu son point de départ (algèbre, etc.) chez eux, et que quand ils s'y mettront ils feront dix fois plus d'inventions que nous.

*

Il ne faut pas trop vite juger un collégien tant qu'il est « à la boîte ». Il n'y est pas ce qu'il est en réalité. Or l'Hindou est depuis huit siècles sous des dominations étrangères.

Je suis persuadé que les Hindous au pouvoir, en dix ans, l'institution des castes [1] disparaît. Elle a tenu trois mille ans. Elle sera nettoyée. Mais c'est une besogne que l'on fait chez soi, et qu'un étranger ne peut faire.

*

Le préjugé de couleur en Inde n'est pas niable. Les Hindous ne peuvent pas sentir le

1. n. n. Autre prédiction fausse. La révolution reste à faire. Elle se fera. Un jour, ce sera l'explosion, plus forte, plus terrible pour avoir trop tardé.

Il n'y a pas que des Européens pour être soulevés d'indignation et d'horreur par le spectacle de l'accumulation de monstrueuses inégalités, injustices, cruautés, duretés, corruptions enveloppées de savantes hypocrisies que la ruse des accapareurs de la religion et des biens de la terre explique et nomme autrement, bien sûr.

Il est quelques Indiens pour le dénoncer, le proclamer abominable — à leurs risques et périls, et c'est un Hindou émigré, *V. S. Naipaul*, de caste Brahme, qui revenu en 1963, appelle scandalisé sa patrie d'origine, *An Area of Darkness*, titre de son livre.

Blanc. Dès qu'ils nous voient, leur figure change.
Autrefois, probablement c'était l'inverse.

*

En Amérique, il y a une vingtaine de races;
néanmoins, l'Américain existe, et plus nettement
que bien des races pures.

Le Parisien même existe.

A plus forte raison l'Hindou. Gandhi a parfaitement raison de soutenir que l'Inde est une, et
que ce sont les Blancs qui en voient mille.

S'ils en voient mille, c'est parce qu'ils n'ont pas
trouvé le centre de la personnalité hindoue.

Moi non plus, je ne l'ai peut-être pas trouvée,
mais je sens parfaitement qu'elle existe.

HIMALAYAN RAILWAY

Quand vous arrivez à *Siliguri*, vous apercevez sur une paire de rails d'un écartement si mince, si mince, une locomotive si mignonne, si mignonne, comment dirais-je, une locomotive-poney, qui se trouve attelée à un petit train.

Alors vous êtes intrigué. Comment! Oserait-elle entreprendre, se promet-elle vraiment d'entreprendre la montée de l'Himalaya?

Et encore est-elle divisée en deux, une moitié retient un peu de charbon, et c'est l'autre qui devra faire tout le travail.

De tout petits wagons se trouvent là, ajustés à sa taille.

Pour finir, il se peut que vous aperceviez les marchepieds (si l'on peut dire). Une belette, à la rigueur, pourrait les utiliser.

Un porte-chapeau n'a pas été omis. On y peut, certes, déposer une boîte de pastilles ou des cigarettes en paquet de dix.

On a même prévu l'éclairage. Mais la lampe manque. Si petite eût-elle été, si l'on en juge d'après la douille, qu'elle n'aurait quand même rien éclairé. Mieux valait donc la supprimer. Fort bien.

Un wagon à bestiaux, comme il convient, est attaché au train, et certes, un panier de volailles et un quart de douzaine d'agneaux pourraient y prendre place.

Voilà, la locomotive part et sa tactique devient visible aussitôt.

D'abord, nulle part trace de tunnels. Pour une si petite locomotive, il eût été ridicule de creuser des tunnels et de dépenser de l'argent, on a tout simplement tracé un sentier, un sentier bien battu, un petit tablier de terre de la montagne, et puis en avant! Les voyageurs ont donc toute la vue désirable.

Elle prend des virages comme on les prendrait à bicyclette, elle se trouve à son aise partout. Elle avance, recule, décrit des circonférences et de petits carrousels, et repasse sur sa trace.

Si vous descendez à une halte, deux petites femmes népalaises souriantes, une pièce d'or au nez, et si gentilles, à qui vous donneriez votre âme, s'offrent à porter vos bagages, et sous votre énorme valise, elles gardent le sourire.

Partout des sourires, petits, justes, aérés, le premier sourire de la race jaune, que je vois, le plus beau du monde.

Et on circule au milieu des prières volantes attachées aux arbres.

L'Himalaya et ses pics neigeux apparaissent.

*

Dans le monde entier, on peut se faire entendre par gestes. En Inde, impossible.

Vous faites signe que vous êtes pressé, qu'il faut aller vite, vous agitez le bras d'une façon que le monde entier comprend, le monde entier, mais pas l'Hindou. Il ne devine pas. Il n'est même pas sûr que ce soit un geste.

Quelle oppression aussi que leur simple présence!

Quel soulagement quand on arrive chez les Népalais, quand on voit un sourire, le sourire naturel qui vient à vous, qui attend de vous son retour heureux, et vous prie de vous désimprégner, de vous départir par charité de votre méditation.

Ce sourire du Népalais, le plus exquis que je connaisse, exquis, pas excessif, pas troublant, mais ravi, sans arrière-pensée, pur.

Le tropical est plein de jus.

La montagne est pur esprit. Les mains n'interviennent plus. Jeux de mains, jeux de vilains.

Seul l'œil la voit. La montagne est dégagée de la saleté, des sens, de la glu végétale, des odeurs.

L'Hindou, d'ailleurs, le comprend. Et qui désire la sainteté, va « finir » dans l'Himalaya.

Les Népalais ont choisi d'habiter le pays le plus

haut du monde. Parmi eux, les quelques Hindous visibles, même les moines mendiants, les *gurus*, les saints, paraissent pervers, ou au moins au départ des natures perverses.

*

Parmi les *Népalais*, les *Gurkhas* trapus, décidés, n'ayant pas froid aux yeux, sont à l'opposé des Hindous.

Les *Tibétains*, comme les *Népalais*, sont à l'opposé des Hindous pour toute autre chose.

L'Hindou est élancé. La femme hindoue a une infériorité qui d'abord stupéfie. On se croirait dans une société d'insectes : elle a souvent une tête de moins que lui.

Et l'Hindou l'enferme dans sa maison. On ne la voit pas. Il est tout. Elle n'est rien. J'ai pu voir des Tibétains, qui ne sont pas du type tibétain courant, lequel est bien plus délicat, mais qui était bien remarquable. Voici.

Le *Tibétain*, lui, était lourd, large et grand et pas beau, et rude.

La *Tibétaine* était lourde, grande, pas belle, et presque encore plus forte et rude.

De ces femmes tibétaines, comme il y en avait autrefois, épousant jusqu'à cinq hommes (à la fois, naturellement); et à mon sens, elle devait les faire marcher droit. S'il y avait quelqu'un à enfermer, c'étaient ses hommes plutôt qu'elle qui eussent été enfermés.

J'ai vu une de ces femmes, tenant la bourse, et commandant, commère assurée au milieu de grands gaillards mâles et dociles de 1 m 80.

*

Quand, chez un Hindou, quelque chose ne va pas, même s'il est riche, marié, père de dix enfants : « Bon, s'il en est ainsi, je vais mendier ». Il confie sa fortune à son neveu et s'en va mendier.

C'est reçu. Arrivé à un certain carrefour de la vie, il n'a plus qu'une chose à faire : à mendier ou plutôt à vivre en mendiant.

L'Hindou mendie, froidement, avec conviction, avec culot. Considérant cet emploi comme sa destinée. Les Hindous, ni bons ni charitables, passent leur chemin et le laissent parce que c'est sa destinée.

Le Brahme qui mendie, entre et ne dit rien. Si on lui donne, ne fût-ce qu'un peu, il sort et ne dit rien. Si on ne lui donne rien, il ne dit rien, mais si vous manifestez quelque impatience, il vous maudit jusqu'à la quinzième génération. Alors, pour retirer la malédiction, un troupeau de chèvres ne suffira pas.

Trop tard. Les dieux, qui attendaient, travaillent aussitôt à acheminer les catastrophes dans la voie de la malédiction.

A Ceylan, un jeune homme à bicyclette me croise à toute vitesse. Mais une minute après, il était à mes côtés, la bicyclette à la main. Il me tendit la mains, « *poor boy, no money* ». Il avait une bicyclette toute neuve, merveilleuse, à changement de vitesse. Il semblait bien portant, jeune, enthousiaste. Je fus très heureux de pouvoir l'aider.

Qu'un jour seulement je puisse mendier en auto, et rencontrer une âme compatissante.

Le Népalais mendie avec son sourire. Il a l'air si heureux de votre rencontre [1]. Ce lui est un plaisir bien personnel — c'est bien *vous*, qu'il est ravi de trouver. Alors comment refuser?

Je parle des enfants. (Le Népalais ne mendie pas plus qu'un autre peuple.)

Quand on les voit, une sorte de douce convulsion du cœur vous prend.

L'impression qu'on a devant soi un mendiant est toujours pénible. Un fossé d'injustice, on ne sait quoi.

Chez le Népalais, la mendicité se fait si simplepent, fraternellement. Il te demande aujourd'hui. Demain ce sera toi, on s'entendra toujours.

*

Le prêtre tibétain mendie avec délicatesse. Il va au marché, se tient devant les marchands, un tout petit tambour à la main, petit comme une

---

1. n. n. A Darjeeling, en Inde. Car dans son pays, le Népal où je me rendis plus tard, je ne me souviens pas d'avoir rien vu de pareil.

mangue, à quoi sont assujetties deux petites ficelles rouges munies d'une légère pelote de fil rouge. Il agite le tambour de droite à gauche, les petites pelotes frappent le tambour; en même temps, il agite une mignonne sonnette. Il accompagne alors cet orchestre si réduit d'une chanson faible et secrète, indistincte, exhalée plutôt que chantée, une sorte de plainte dans le sommeil. Cela dure une minute.

Sa sébile reçoit quelques légumes et une poignée de riz qu'il met dans son sac, puis il passe au marchand suivant et fait ainsi tout le tour du marché.

Simple, discret, inentendu, sauf de chaque intéressé, toujours je l'entendrai ce soupir navré, retenu, délicat, comme si voulait chanter une dernière fois un malade qui aurait les poumons perdus.

Une voix qui viendrait doucement à travers les bronches en sang, ou bien aussi comme si on avait appris à un chien à chanter, lequel apprendrait et répéterait sa mélodie sans trop imprudemment s'écarter toutefois de ses soupirs coutumiers, ces soupirs si troublants qu'ils ont pendant leur sommeil, répondant à une préoccupation qui nous semble fraternelle.

Des voix comme leurs yeux... pas déplissés. Comme les formules dans les moulins à prières, autre forme de la discrétion.

Mais si vous entrez dans un monastère de *lamas*, dans un temple, où ils sont toute la journée, l'un dormant, et mangeant, puis c'est le tour de l'autre;

et si vous les entendez là, chanter des prières en bougonnant, penchés sur d'énormes livres à feuilles volantes, grands comme des valises, vous ne les reconnaîtriez plus. Des voix profondes avec des notes plus basses que celles des célèbres basses russes; des espèces de voix rotées et obscènes, et sur lesquelles on se retourne, pour voir si ce n'est pas moquerie grossière et contrefaçon grotesque. Mais non, c'est leur voix bougonnante de toute la journée.

Ils ont aussi un instrument, une sorte de trompette de 4 m 50 de long, qu'ils braquent sur la campagne pour appeler les gens à la prière. Un bruit de glotte énorme et hippopotamesque en sort. Et ce son, partout ailleurs excessif, ici faible et obscur dans les montagnes de l'Himalaya, passe par-dessus les hameaux comme un soupir.

L'INDE MÉRIDIONALE

Indiens du Sud, les Dravidiens, la plupart petits, vifs, colériques, ne correspondent plus à la conception que l'Européen à des Hindous.

Dès qu'on arrive dans le Sud, la peau devient foncée, on a affaire à des presque noirs. Habillement en conséquence : le rose disparaît et fait place au rouge, au vert foncé, au violet.

Les gros *â*, *ô*, *ê*, des langues du Nord, disparaissent, tout se mouille en consonnes dans le *malayalam*, ou s'arc-boute en consonnes redoublées dans le *tamoul* (le tamoul, langue aussi ancienne que le sanscrit, et n'ayant rien de commun avec celui-ci). Les gens cessent ici d'être « importants ». Ils vous regardent d'un regard sans conséquence. Moins ou peu d'hypnotisme. Ce ne sont plus des ruminants. S'ils ont deux minutes devant eux, ils ne s'accroupissent pas tous. On en voit quelques-uns rester debout ou même marcher et vite.

Dans les temples, les dieux sont en façade, leurs *gopurams* sont des bazars pour dieux, démons et géants. Tous les dieux ici sont un peu démons. On se jette à plat de tout son long par terre pour eux, et assez vivement (sans aucune allure). Devant *Ganescha*, on se donne deux petits coups de poing près de l'oreille. Ils ont une préférence pour les dieux à petite divinité, par exemple la déesse de la variole. La religion perd sa beauté, sa paix. Elle n'a plus un beau son. Ils sont multithéistes. Souvent, en même temps, ils sont convertis au christianisme. (Seule partie de l'Inde où il fasse un nombre d'adeptes non négligeable.)

Ils savent, ils savaient surtout, autrefois, ce qu'est la magie [1] des mots.

A la seule époque de Sangham, on cite 192 poètes considérables, dont 57 agriculteurs, 36 femmes, 29 Brahmes, 17 hommes des montagnes, 13 gardes forestiers, 7 marchands, 13 rois Pandyas, etc., un potier et un pêcheur.

---

1. *Magie* dans le sens fort du mot; la lecture du *Ramayana* de *Tulsi Das* absout de tout péché.

Ce *Tulsi Das*, qui avait écrit le *Ramayana* et les aventures de *Hanuman* et de l'armée de singes, tout poète qu'il était, fut mis en prison par un roi.

Il médita dans sa prison, de sa méditation sortirent Hanuman et une armée de singes qui mirent le palais et la ville au pillage, et le firent libérer.

Bien, maintenant ouvrons un concours : Quel est le poète européen qui en puisse faire autant? Lequel fera surgir pour le défendre fût-ce seulement une souris?

*

Il est impossible de revenir aux Indes sans être porté vers le communisme. La question sociale n'est peut-être que de seconde importance. Mais l'avilissement, le manque de dignité humaine qui résulte d'une société à deux poids et deux mesures est tel que tout l'homme en est sali dans tout ce qu'il est, dit et fait, et plus encore que l'avili, celui qui est honoré, les Brahmes et les Rajahs, et peut-être nous tous.

*

Il n'existe probablement pas dans le monde un autre pays où, « pour lier conversation » avec vous, dans un train, un jardin, un lieu public, l'indigène vous parle... de Jésus-Christ.

Tant l'Hindou ne peut s'imaginer, chez un homme, l'indifférence religieuse.

La plupart aiment sincèrement Jésus-Christ, regrettent qu'Il ne se soit pas incarné chez eux, ou qu'Il ne s'y soit pas incarné une seconde et une troisième fois, voudraient demander de ses nouvelles.

Néanmoins, même un athée européen sera souvent blessé par la familiarité avec laquelle ils conversent de Jésus-Christ.

*

Mon compagnon bengali disait gentiment des femmes du Sud : « Mille venant, pas une jolie. » Il devait dire : « Dix mille venant, pas une jolie ». (En tout et pour tout, j'en ai vu une.)

Quant aux hommes, des faces butées d'hérétiques. Quelques profils et yeux de lézards (malades surtout, ils ressemblent aux lézards). Nez, yeux, bouche, rassemblés, tassés comme sous l'effet d'une malédiction ou d'un cataclysme. Des fronts bas (un ruban frontal, devrait-on dire), et le crâne aux poils drus (mais il est rasé jusqu'à mi-tête) contribue à le rendre singe.

Un tas de têtes de Bourbons aussi, mais réduites, fiévreuses, ayant perdu le pouvoir, et à chignons.

Si l'un d'eux attrape le moindre renseignement sur vous, que vous avez trente-deux ans, par exemple, immédiatement, il en informe tout le voisinage, tous les voyageurs dans la gare, tous les passants dans la ville. D'ailleurs, de loin, on l'interroge. Et il répond triomphalement : « Il a trente-deux ans. Il vient visiter les Indes! » Et la nouvelle étonnante se répand comme le feu dans la poudre.

Ils vous regardent comme au jardin zoologique on regarde un nouvel arrivé, un bison, une autruche, un serpent. L'Inde est un jardin où les indigènes ont l'occasion de voir, de temps à autre, des spécimens d'ailleurs.

Si un Européen est interrogé à son retour des Indes, il n'hésite pas, il répond : « J'ai vu Madras, j'ai vu ceci, j'ai vu cela. » Mais non, il a été vu, beaucoup plus qu'il n'a vu.

*

Si l'Hindou vous parle, c'est nez à nez. Il vous prend l'haleine de la bouche. Il ne sera jamais assez près. Sa tête envahissante et ses yeux hors de propos se calent entre l'horizon et vous.

Et vous tenant ainsi, il déroule ses phrases, il déclame. Tout ça pour dire des choses parfaitement insignifiantes. Mais une force étrange le pousse au discours, au sermon et un simple renseignement prend tout de suite une importance que l'Univers doit connaître.

Les Indiens du Sud, dans les villages, quand vous restez un moment tranquille, ils sont une dizaine autour de vous, les yeux en ventouse, si près que si vous toussez vous en blessez deux ou trois.

Si vous parlez, ils trouvent le moyen de se rapprocher encore. L'Hindou du Nord déclame, l'Hindou du Sud hurle. Ce n'est pas seulement son chant (celui des populations dravidiennes du Sud) qui est exaspéré, ni sa langue. Du français, s'ils le parlent, ils ont ordinairement la ferme conception que c'est une langue de tête, que seulement avec une extrême force et dans les affres de la souffrance on peut espérer extraire plus ou moins du sommet du crâne. Vous voulez toujours lui dire : « Du calme, du calme, voyons, ça va sortir. » Mais la rage qui les tient les conduit irrésistiblement.

*

La langue tamoule est composée de mots ayant en moyenne six syllabes. Plusieurs en ont quatorze. Moins de quatre syllabes, ce n'est plus un mot, mais un détritus. La langue anglaise leur paraît en ruine. Qu'est-ce que c'est que toutes ces petites bulles sans objet, appelées préposition, article, etc.?

Le *tamoul* est une langue agglutinante. On soude tout ce qu'on peut. De trois mots, un seul.

C'est ainsi, en un peu plus compliqué assurément, que se forment des dix à quatorze syllabes.

Ces mots s'enlèvent à la course. Vous touchez la première syllabe et puis vous partez à fond de train. Une fois au bout, vous pouvez vous reposer. Ainsi se présentent des petits trous dans la conversation. Mais il y a des emballés (la plupart) qui ne s'arrêtent pas. Vous écoutez alors ce merveilleux mécanisme qui, de son allure surhumaine, accomplit sans fléchir sa prouesse naturelle.

Ils prononcent les mots comme on passe par un accès.

Une précipitation malheureuse, et de subalterne, qui se retrouve aussi dans l'expression de leurs yeux, fixes, mais pourtant pressés, pressés de voir, pressés de voir quoi? Et voués visiblement à un échec, quoiqu'on ne sache pas lequel.

Quand ils chantent, leur chant est une pendaison. Ils ne chantent que pour se pendre et haut. Les notes les plus inaccessibles ils y vont tout droit, sans tremplin, s'y accrochent en désespérés, et oscillant entre deux ou trois plus hautes, restent ainsi à pleurer, souffrir et faire les malheureux, paraissant prêts à se faire couper en morceaux; mais pourquoi? Puis tout d'un coup, ils s'arrêtent net, il y a deux minutes de silence, puis ils y regrimpent, ou plutôt exactement se retrouvent là-haut tout d'un coup plus immensément malheureux que jamais. Et leurs tortures durent ainsi parfois plus d'une heure.

Ils adorent aussi une sorte d'oscillation entre des notes basses ou moyennes. Dans une cadence déjà rapide, ils introduisent un nombre de paroles invraisemblables, qui sont de la récitation multipliée par quatre, et ce qu'on a fait de mieux, en fait de mouvement, avant la locomotive. Et tout cela qui n'est pas désagréable du tout, se termine par une petite pointe assez médiocre, aigrelette, sans envolée, et fort opérette.

*

Personne ne leur apprendra la vitesse. Dans le drame, genre qui, là-bas, possède une variété inconnue en Europe, tout entre, les neuf ingrédients, le comique, la morale, la poésie, l'action, etc. La pièce se succède sans interruption, en sept heures de temps, à travers deux à deux cent cinquante scènes, et je ne sais combien de changements de décors. Le tout avec une allure et des gestes indiqués seulement, et aussitôt oubliés. L'ensemble est divertissant et plein d'allant.

Le cinéma ne leur a rien appris. Ils allaient déjà beaucoup plus vite avant. Les répliques sont suivies d'éclats de rire dans la salle, forts, mais aussitôt après croqués, avalés, disparus. Des décharges.

Il y a là-dedans une force qui fouette et dit : « Allons, ne traînez pas, n'arrondissez pas. » On chante, la même chanson est reprise aussitôt sur un autre ton. La mélodie est ensuite tout à coup brisée, et puis on change encore le ton. Les acteurs sortent, sans laisser d'atmosphère derrière eux. Les scènes passent rapidement dans la suite chronologique naturelle très rapprochée, et un âne comprendrait. Comme il n'y a pas d'atmosphère, les interruptions ne comptent pas. Sur scène, un homme, réduit à une extrême misère, implore la charité. Un farceur (ils ont le sens du comique, quantité de scènes sont extraordinairement cocasses), un farceur à l'orchestre lui jette un *anna* (un sou), aussitôt toute la salle s'amuse à jeter des sous. Ça a duré, j'en suis sûr, de huit à dix minutes, puis tout a repris.

Une autre fois, j'assistai à la dernière représentation d'une troupe théâtrale. On donnait un drame à tendance moralisatrice et d'un sujet poignant.

Or, au beau milieu des répliques, des spectateurs montaient sur la scène, des enfants en général, et plusieurs à la fois, pour offrir des colliers de fleurs que l'acteur se mettait aussitôt autour du cou, et des oranges qu'il se fourrait dans les poches, ou gardait dans les mains, comme il pouvait, et la représentation continuait.

Coutume fort gênante pour l'Européen, les rôles de femmes sont tenus par des hommes habillés en femmes, des espèces d'avortons, le plus souvent, avec parfois une belle voix de faux contralto.

« Ces rôles, m'expliquait un spectateur, ne pourraient être tenus par des femmes. Ils sont trop difficiles (!). Les jeunes gens que vous verrez sont exercés, depuis leur jeune âge, à se féminiser. Et un homme, qui s'exerce, arrive beaucoup plus loin qu'une femme. »

Voilà bien, me disais-je, les arguments. Mais quand je vis les acteurs, je ne fus pas trop déçu. Ils avaient, en effet, quantité de réflexes féminins, à chaque instant, même se trouvant à l'écart... qu'une femme néglige, si je puis dire.

Mais le chiqué ne peut valoir le naturel.

Je vis ensuite, à Madras, *Sundarambal*, la grande actrice tamoule, cantatrice merveilleuse, la seule très belle femme dravidienne que je vis, et du plus vrai talent. Elle semblait avoir, à la fois, du sang dans le corps, et du pétrole. Quand elle apparut, elle écrasa les autres femmes (qui étaient des hommes). Avant d'avoir fait un geste (elle en faisait peu), avant de chanter. Il y avait en elle la santé féminine, la femme faite par les glandes et l'âme. Les autres étaient des coquettes, car l'homme ne peut être femme naturelle. Ils essayaient d'être *femmes*. Elle essayait d'être un *être* humain. Elle y arrivait, sans doute. Mais en elle subsistait ce quelque chose d'essentiellement particulier, d'autant plus troublant qu'elle n'y faisait pas attention, la féminité.

*

Il serait bien extraordinaire que, sans être doués de dons psychiques, les Indiens se fussent autant occupés de l'occulte.

Quoique beaucoup possédant une culture européenne, aient perdu de leurs dons métapsychiques, d'autres, dans les subalternes surtout, n'ayant guère étudié, ayant moins subi la déformation mentale, les ont gardés.

Il y avait un employé du *South Indian Railway*, m'assure-t-on, qui guérissait de la piqûre de serpent.

Dès que quelqu'un était piqué, un parent courait à la gare : « Où est l'employé un tel?

— Ah! Il est dans le train, sur la ligne de... »

On lui télégraphiait : « Un tel, serpent, piqué. »

Le télégramme filait de gare en gare à la recherche du train et de l'homme.

On attendait anxieusement une réponse. Enfin elle arrivait : « *He will be all right.* » Et tout le monde s'en retournait joyeux. Et le poison n'avait plus d'effet.

Que faisait l'employé? Eh bien, il se recueillait un instant dans un compartiment. « Au nom de... (un saint ou l'autre) que le poison ne monte pas. » Puis il s'en allait poinçonner les billets.

Des centaines de télégrammes furent ainsi échangés, et des centaines de venins réduits en eau.

Des dons psychiques analogues se retrouvent dans toutes les castes, les plus nobles comme les plus méprisées, chez les barbiers même, et même les cordonniers.

On comprend que, dans un pays pareil, les distinctions entre imbéciles et non-imbéciles soient peu satisfaisantes.

L'employé en question était peut-être un « imbécile » mental, ou même un amoral, comme il leur arrive souvent, mais, néanmoins, utilisant plus complètement les ressources de l'*être* total que ses chefs.

Aux Indes, l'esprit critique n'est pas ce qui compte.

Mais est-ce le bout du monde d'être esprit critique [1]?

---

1. n. n. Exemple peu probant, qui a dû me frapper parce que rare, les Indiens semblant moins portés vers les

*

Moins quelqu'un est abordable, plus il a de vie intérieure.

Ainsi l'Anglais, ainsi le Bengali.

Chaque fois que je lis un écrit bengali, après dix lignes, je suis pris. Il y a dans la littérature bengali quelque chose de vrai, de tout à fait vrai, et qui n'est ni la sainteté ni la vérité, mais la vie intérieure.

Quand on lit un Bengali, on ne peut que l'aimer.

Il touche, il est important. On n'a pas à se baisser.

guérisons métanaturelles que leurs homologues européens.

Dans le pays du plaisir de l'occulte et du merveilleux, où des dizaines de singulières opérations parapsychiques ont été, de tout temps, étudiées et pratiquées, certaines connaissances, faute de disciples peut-être, disparaissent. Tout n'est pas permanent.

Ce que les foules ébahies virent encore au XIXe siècle, les prouesses des fakirs, ne se rencontre plus.

Y aurait-il progrès, recherche d'un degré supérieur?

Ce qui devient le plus célèbre, le plus désirable, le plus recherché, c'est la présence de certains Hindous dont la vue, la proximité suffit à donner un certain genre d'apaisement, ou plutôt de sthénie intérieure, qui ne permet plus aux soucis, aux préoccupations de paraître.

Et des Maîtres procurent l'état de *Samadhi*.

De multiples exercices de Hathayoga ont trouvé aussi dans ce siècle discipliné une nouvelle et presque universelle extension.

UN BARBARE A CEYLAN

Le Cinghalais marche pieusement. Son maintien est pieux. J'entrai, un jour, par erreur, dans un corridor qui conduisait à une *salle très grande*. Le sentiment religieux y régnait. A un bout de la salle, il y avait une foule immobile, contemplative. Je m'avançai. Ils regardaient jouer au billard.

Un jour, je passai en *rickshaw* dans une rue populaire. Une sorte de clameur m'arrêta, je descendis, le bruit venait d'une église catholique, toutes portes ouvertes. J'entrai. Ils récitaient des litanies, avec une foi, un cœur extraordinaires. De temps à autre, l'un d'eux se levait pour aller masser une des caisses vitrées, enfermant une statuette de saint. Toutes les statuettes étaient enfermées dans des maisons de verre, sans quoi, il n'en serait rien resté au bout de quelques jours; il la massait donc, puis passait à la suivante, un autre assistant à son tour se levait et allait capter son espérance de la même façon.

Ils étaient visiblement chez eux. Plusieurs erraient sur les autels latéraux, avec une adoration palpeuse. Ils touchaient les nappes d'autels, les fleurs, les chandeliers, dévotion qui ressemblait à de l'appétit. A vrai dire, cette religion paraissait leur convenir. Dans les temples de Bouddha, ils n'ont rien à faire.

Un Cinghalais, un dimanche, vint me harceler sur mon banc. Il voulait m'expliquer les mérites du christianisme. Je lui répondais par ceux du bouddhisme. Mais il ne voulait rien savoir. *L'espérance*, disait-il, *le paradis avec Dieu tout de suite après la mort.*

*

Il ne faudrait pas croire que tous les Cinghalais soient lents.

Certains avancent par foulées régulières, presque rapides.

S'ils donnent, néanmoins, une étonnante impression d'inertie, c'est à cause de leur manque de gestes. Ils vous parlent sans les bras. Les bras, c'est réservé.

Le tronc immobile, indéplacé.

Grands, minces, délicats, sérieux, sortes d'échassiers humains, au regard sans aucune agressivité, et qu'on rencontre comme un horizon lointain et reposant.

Féminins et comme des femmes qui ont peur de déranger leur beauté.

N'aimant pas déplacer leur centre, ni avoir des émotions.

A un cinéma de faubourg, je vis un vieux film de cow-boy. Eh bien, pas un instant, je n'eus une impression de mouvement, d'émotion, ni même une impression américaine.

Cela pour une raison étonnamment simple, c'est que le film était accompagné du pouls constant de formidables coups de tam-tam qu'essayaient de traverser les sons religieux d'un harmonium.

Aucun autre film ne m'a donné cette impression d'éternité, du rythme sans fin, du mouvement perpétuel.

On s'agitait stupidement, pourtant, dans ce film. N'empêche, ce film était fixe. Il était emporté par plus immense que lui, comme une cage de coqs lutteurs dans un train express.

*

Autre chose au sujet de la vitesse des Cinghalais. Vous avez probablement vu, au moins dans les atlas, ces noms superbes, des merveilleux et longs serpents aux voyelles de tambour : *Anuradhapura, Polgahawela, Parayanalankulam, Kahatagasdigiliya, Ambalantola.* Eh bien, ils les disent si vite et si gentiment (de même, ils gomment et effacent l'anglais en souriant) qu'Anuradhapura fait quelque chose de pas plus important qu' « amena ». Sauf toutefois chez les enfants.

Écoutez-les à l'école, chantant et récitant, il y a

là le déploiement magnifique des mots contemplateurs, quelque chose de bien disposé, et bien suivi intérieurement, comme fait le Russe quand il récite ses admirables mots polysyllabiques (mais où ce sont les consonnes qui sortent) et comme font aussi les Grecs (même goût des redondances, de l'allongement et de la mastication triomphante des mots).

HISTOIRE NATURELLE

La chauve-souris n'est pas un oiseau, si l'on veut. Mais elle leur apprendra, à tous, à voler. Un pigeon, on dirait qu'il pagaye, qu'il bat l'eau, tant il fait du bruit avec ses ailes. La chauve-souris, personne ne l'entend. On dirait qu'elle prend l'air comme un drap, avec des mains.

Avec son long bec et sa tête de torpilleur, le corbeau est un noir poltron. Aux Indes, un quart d'heure avant le coucher du soleil, il devient vorace, et risquant le tout pour le tout, vient se jeter sur le morceau de pain donné par une petite fille timide. Cette témérité est l'affaire d'un moment, puis il s'envole à tire-d'aile vers son nid, un nid dur et fait sans goût. Il y a des dizaines et des dizaines de millions de corbeaux aux Indes.

Dix minutes après, vient la chauve-souris, ici, là, où? l'affolée silencieuse, avec ses ailes qui ne pèsen rien et ne font même pas soupirer l'air.

On entend un oiseau-mouche; une chauve-souris,
non. Et elle ne traverse jamais un espace en ligne
droite. Elle suit les plafonds, les corridors, les
murs, elle fait du cabotage. Puis la voilà sur une
branche et aussitôt s'y pend par ses peaux, comme
pour dormir. Et la lune silencieuse l'éclaire.

*

On se distrait souvent à regarder les oiseaux.
Ils partent, reviennent, font des virevoltes : des
tripoteurs.

Ce n'est pas comme ça que la perruche entend
le vol. Le vol, c'est le passage d'un point à un
autre en ligne droite. Les perruches sont toujours
pressées, le gouvernail bien droit (elles ont la
queue très longue et forte), elles s'en vont sans
tourner la tête, presque toujours deux, ne déri-
vant ni pour vent ni pour ombre, mais tout en
jacassant.

*

Le pigeon est un obsédé sexuel. Dès qu'il a
avalé une bouchée et qu'il s'est refait un peu de
force, le voilà repris par son démon. Il râle (qui
donc a appelé ça roucouler?) un râle épais, qui
troublerait un ermite et aussitôt, la femelle répond,
elle répond toujours, même si elle ne désire pas
être approchée tout de suite; un râle qui l'inonde,

qui est beaucoup plus gros qu'elle, et lourd, obèse.
Et ils s'envolent, plus bruyants que des bottes.

Inde.

Les milans sont de grands incapables. Tant
qu'ils peuvent utiliser les vents, et faire les paresseux, ils sont un peu là.

Même les corbeaux, qui ont peur de tout,
attaquent les milans. J'en ai vu un couple qui ne
savait vraiment plus où se mettre. Dans les arbres,
les petits oiseaux l'attaquaient. Du sommet d'un
toit, les corbeaux les délogeaient.

*

Une souris, qui a un chat derrière elle, peut
s'en tirer. Ayant une mangouste à ses trousses,
elle peut encore garder une lueur d'espoir.

Mais si un corbeau, perché sur une branche, l'a
remarquée, c'est fini. Plongeant presque perpen-
diculairement, ou, si le feuillage ne s'y prête,
filant en oblique, ou même presque horizontale-
ment, il arrive, il y est, il l'enlève. Si fort que
court la souris, c'est comme un homme qui court
bien, et qu'un avion poursuit. Il est perdu. Il est
irrévocablement perdu.

Malaisie.

Les becs-rouges-tampons blancs sont plus légers et mieux formés que le moineau, avec des plumes serrées qu'aucun vent ne peut soulever.

Les becs-rouges-tampons blancs ont une spécialité. Dès qu'il y en a deux d'installés sur un rameau (et quand il y en a un, l'instant d'après il y en a deux) l'un se recule (oh, un très petit recul) latéralement sur le rameau et sans tourner la tête.

L'autre aussitôt se déplace (oh, un tout petit déplacement) comme était le recul, cinq à six millimètres.

Ils passent ainsi des heures. Car il n'y a pas qu'un rameau sur un arbre. Dès qu'un rameau a épuisé ses possibilités de jeu, au suivant!

Et pas de vilains pépiements de moineaux; non, parfois, rarement, un petit « tac »... pour montrer qu'on n'est pas du vide. Et quoique petit, il n'a pas cette agitation épileptique de la tête qui nous rend les moineaux si sots et tellement étrangers.

Il se tient, quand il est seul, extraordinairement tranquille, et comme « occupé », quoiqu'il ne fasse rigoureusement rien.

Zoo de Saigon.

Le jabiru ne mange pas le poisson qui se débat. Il l'ingurgite mort. Il le saisit donc et referme son bec sur lui, sur la tête, sur le corps, le lance, le rattrape, le relance, le rattrape jusqu'à ce que mort s'ensuive.

Il y a le jabiru prudent, et le jabiru imprudent.

Le jabiru imprudent, c'est-à-dire qui se contente d'une apparence de mort (et gare aux arêtes du poisson qui se démène vivant dans l'estomac) est celui qui porte le poisson sur les cailloux, et là lui donne force coups de bec jusqu'à ce qu'il se tienne tranquille. Alors il le mange. Mais tout jabiru d'expérience sait qu'un poisson qui ne remue plus sur les cailloux peut n'être pas mort et demeurer dangereux. C'est pourquoi le jabiru prudent le trempe dans l'eau, pour l'éprouver, et, en effet, très souvent, le poisson vit, et aussitôt, quoique avec une lenteur sans espoir, cherche à déserter la scène et la mort. Il arrive aussi qu'un jabiru ne puisse sortir un poisson de l'eau, quoique l'ayant frappé bien des fois, mais chaque fois celui-ci retombe. Alors tout d'un coup, excédé, il agite d'immenses et bruyantes ailes sur l'étang et il se demande, et on se demande, et tous les autres oiseaux se demandent ce qui va arriver.

UN BARBARE EN CHINE

Le peuple chinois est artisan-né.

Tout ce qu'on peut trouver en bricolant, le Chinois l'a trouvé.

La brouette, l'imprimerie, la gravure, la poudre à canon, la fusée, le cerf-volant, le taximètre, le moulin à eau, l'anthropométrie, l'acupuncture, la circulation du sang, peut-être la boussole et quantité d'autres choses.

L'écriture chinoise semble une langue d'entrepreneurs, un ensemble de signes d'atelier.

Le Chinois est artisan et artisan habile. Il a des doigts de violoniste.

Sans être habile, on ne peut être Chinois, c'est impossible.

Même pour manger, comme il fait avec deux bâtonnets, il faut une certaine habileté. Et cette habileté, il l'a recherchée. Le Chinois pouvait inventer la fourchette, que cent peuples ont trouvée et s'en servir. Mais cet instrument, dont le maniement ne demande aucune adresse, lui répugne.

En Chine, l'*unskilled worker* n'existe pas.

Quoi de plus simple que d'être crieur de journaux?

Un crieur de journaux européen est un gamin braillard et romantique, qui se démène et crie à tue-tête : « *Matin! Intran!* 4e édition », et vient se jeter dans vos pieds.

Un crieur de journaux chinois est un expert. Il examine la rue qu'il va parcourir, observe où se trouvent les gens et, en mettant la main en écran sur la bouche, chasse la voix, ici vers une fenêtre, là dans un groupe, plus loin à gauche, enfin, où il faut, calmement.

A quoi bon ruer de la voix, et la lancer où il n'y a personne?

En Chine, pas une chose qui ne soit d'habileté.

La politesse n'y est pas un simple raffinement plus ou moins laissé à l'appréciation et au bon goût de chacun.

Le chronomètre n'est pas un simple raffinement laissé à l'appréciation de chacun. C'est un ouvrage qui a demandé des années d'application.

Même le bandit chinois est un bandit qualifié, il a une technique. Il n'est pas bandit par rage sociale. Il ne tue jamais inutilement. Il ne cherche pas la mort des gens, mais la rançon. Il ne leur endommage que juste ce qu'il faut, leur retirant doigt après doigt qu'il expédie à la famille avec demande d'argent et sobres menaces.

D'autre part, la ruse en Chine n'est nullement alliée au mal, mais à tout.

La vertu, « c'est ce qu'il y a de mieux combiné ».

Citons une corporation, souvent méprisée : les porteurs.

Les porteurs, dans le monde, entassent généralement sur leur tête et sur leur dos ou leurs épaules, tout ce qu'ils peuvent. Leur intelligence ne brille pas sous les meubles. Oh non!

Le Chinois, lui, est arrivé à faire du portage une opération de précision. Ce que le Chinois aime par-dessus tout, c'est l'équilibre savant. Dans une armoire, un tiroir qui s'oppose à trois ou deux à sept. Le Chinois, qui a un meuble à transporter, le divise de telle façon, que la partie qu'il accroche derrière fera équilibre à la partie qu'il accrochera devant. Un morceau de viande même, il le porte attaché à une ficelle. A une grosse tige de bambou qu'il porte sur l'épaule ces choses sont accrochées. On voit souvent, d'un côté, une énorme marmite soupirante ou un poêle fumant, et de l'autre, des boîtes et des assiettes ou un enfant somnolent. Il est aisé de voir quelle adresse cela demande. Et ce défilé a lieu dans toute l'Extrême-Asie.

TYPES CHINOIS [1]

Modeste, et plutôt enfoui, étouffé, dirait-on, des yeux de détective, et aux pieds, des pantoufles de feutre, comme il se doit, et les usant du bout, les mains dans les manches, jésuite, avec une innocence cousue de fil blanc, mais prêt à tout.

Visage de gélatine, et tout à coup la gélatine se démasque et il en sort une précipitation de rat.

Avec quelque chose d'ivre et de mou; une sorte de couenne entre le monde et lui.

Pas jaune, la Chinoise, mais chlorotique, pâle, lunaire.

1. n. n. En une génération, la politique, l'économique, la transformation des classes sociales ont fait en Chine un autre « homme de la rue ». On ne reconnaît plus le mien, celui que moi et bien d'autres voyageurs et résidents avions vu... ou il faut gratter un peu. Ou il faut aller dans une ville ou un quartier de ville chinois, à l'étranger, à Bangkok, par exemple, où, inchangés, dans des rues inchangées, sans connaître le nouveau style, ils continuent à donner raison aux vieilles descriptions.

Que les voyageurs, dans des délégations - sœurs, reçus avec fleurs et sourires et marques débordantes d'amitié se méfient et n'en tirent pas trop de conséquences, ni non plus ceux qui, récemment, virent, affolés les spectaculaires manifestations de *Gardes Rouges*.

Il me plaît, quant à moi, tirant une leçon de ma fâcheuse surprise, de penser que, quoi qu'il arrive, et quoi qu'elle tende à être, la Chine sera toujours différente.

Elle revit. Il faut être heureux de ne plus la reconnaître, de la connaître autrement toujours, toujours inattendue, toujours extraordinaire.

Au théâtre, les hommes chantent avec des voix de châtrés, accompagnés par un violon qui leur est bien pareil.

Une langue faite de monosyllabes, et les plus courtes, et c'est déjà de trop.

Modéré, ayant le vin doucement triste, et reposant, et souriant.

Si petits que soient les yeux du Chinois, son nez, ses oreilles et ses mains, son être ne les remplit pas. Il se tapit loin derrière. Non pas par concentration. Non, le Chinois a l'âme concave.

Des gestes vifs, petits, mais pas durs. Rien d'appuyé, de décoratif. Raffolant des pétards, il en jette à tout propos, et leur son bref, sec, sans conséquences et sans résonance lui plaît (comme le bruit des claquettes que leurs femmes ont aux pieds).

Il aime beaucoup aussi le coassement abrupt de la grenouille.

La lune lui plaît, à laquelle la femme chinoise ressemble étonnamment. Cette clarté discrète, ce contour précis lui parle en frère. D'ailleurs, beaucoup sont sous le signe de la lune. Ils ne font aucun cas du soleil, ce gros vantard, ils aiment beaucoup la lumière artificielle, les lanternes huilées, qui, comme la lune, n'éclairent bien qu'elles-mêmes, et ne projettent aucun rayon brutal.

Des visages étonnamment huilés de sagesse, auprès desquels les Européens ont l'air en tout point excessifs, véritables groins de sangliers.

Aucun type avachi ni d'arriéré mental, les mendiants, d'ailleurs rares, ayant encore l'air fort spirituels et de bonne compagnie, et intellectuels, beaucoup de « fins Parisiens », avec une impression de justesse frêle, comme ont parfois les rejetons de vieilles familles aristocratiques, affaiblies par des mariages consanguins.

Les femmes chinoises d'un corps admirable, d'un jet comme un végétal, jamais l'allure garce comme l'Européenne l'est si facilement, et les vieilles comme les vieux, des têtes si agréables, pas exténuées, mais alertes et éveillées, un corps qui fait toujours son travail, et une tendresse avec leurs enfants qui est un charme.

*

Le Chinois n'a pas précisément, comme on l'entend ailleurs, l'esprit religieux. Il est trop modeste pour cela.

« *Rechercher les principes des choses qui sont dérobées à l'intelligence humaine, faire des actions extraordinaires qui paraissent en dehors de la nature de l'homme, voilà ce que je ne voudrais pas faire.* » (Extrait d'un philosophe chinois, cité par Confucius, on devine avec quelle satisfaction.)

Oh! non, il serait honteux. Il ne voudrait pas exagérer. Pensez donc! Et puis, il est pratique. S'il s'occupe de quelqu'un, ce sera des démons, des mauvais seulement, et encore quand ils font du mal. Sinon, à quoi bon?

C'est cependant par cet effacement même, que le Divin uni à l'illusion s'est glissé en eux.

Bouddha au sourire qui efface toute réalité devait régner en Chine. Mais sa gravité indienne a parfois disparu.

J'ai visité, entre autres temples, le *temple des Cinq cents Bouddhas*, à *Canton*.

Cinq cents! S'il y en avait seulement un de bon! Un vrai de vrai. Cinq cents parmi lesquels Marco-Polo, avec un chapeau fourni probablement par le vice-consul d'Italie. Cinq cents, mais pas un sur le chemin, au petit commencement du chemin de la Sainteté.

Finies les positions hiératiques déterminant la contemplation. Les uns tiennent deux ou trois enfants sur les bras, ou jouent avec. D'autres, agacés, se grattent la cuisse, ou ont une jambe levée, comme pressés de s'en aller, impatients d'aller faire un petit tour, presque tous avec des figures de petits malins, de juges d'instruction, d'examinateurs, ou d'abbés du xviiie siècle, plusieurs, visiblement, se paient la tête des naïfs, enfin, en nombre dominant, les Bouddhas négligents, et évasifs. « Oh, vous savez, nous autres... »

Faut-il étouffer de rire, de rage, de pleurs ou tout simplement penser que, plus forte que la personnalité d'un saint, d'un demi-dieu, est la force nivelante et vivante de la petitesse humaine?

Dans un temple, le Chinois est parfaitement à l'aise. Il fume, il parle, il rit. Aux deux côtés de l'autel, les diseurs de bonne aventure lisent l'avenir dans des formules tout imprimées. On fait rouler des petits bâtonnets dans une boîte, il y en a toujours un qui s'avance un peu plus que les autres, vous le retirez. Il porte un numéro. On cherche la feuille d'avenir correspondant à ce numéro, on lit... et il ne reste plus qu'à y croire.

*

Peu d'Européens aiment la musique chinoise. Cependant, Confucius, qui n'était pas un homme porté à l'exagération, tant s'en faut, fut tellement pris par le charme d'une mélodie qu'il resta trois mois sans pouvoir manger.

Je serai plus modéré, mais sauf certaines mélodies bengali, je dois dire que c'est la musique chinoise qui me touche le plus. Elle m'attendrit. Ce qui gêne surtout les Européens, c'est l'orchestre fait de fracas, qui souligne et interrompt la mélodie. Cela, c'est proprement chinois. Comme le goût des pétards et des détonations. Il faut s'y habituer. D'ailleurs, chose curieuse, malgré ce formidable bruit, la musique chinoise est tout ce qu'il y a de plus pacifique, pas endormie, pas lente, mais pacifique, exempte du désir de faire la guerre, de contraindre, de commander, exempte même de souffrance, affectueuse.

Comme cette mélodie est bonne, agréable, sociable. Elle n'a rien de fanfaron, d'idiot, ni d'exalté, elle est tout humaine et bon enfant, et enfantine et populaire, joyeuse et « réunion de famille ».

(A ce propos, les Chinois disent que la musique européenne est monotone. « Ce ne sont que des marches », disent-ils. En effet, ce qu'on trotte et ce qu'on claironne chez les Blancs.)

Et de même que certaines personnes n'ont qu'à ouvrir un livre de tel auteur et se mettent à pleurer sans savoir pourquoi, de même quand j'entends une mélodie chinoise, je me sens soulagé des erreurs et des mauvaises tendances qu'il y a en moi et d'une espèce d'excédent dont chaque jour m'afflige.

Mais il y a un charme, non pas plus grand, mais plus constant peut-être, c'est la langue chinoise parlée.

Comparées à cette langue, les autres sont pédantes, affligées de mille ridicules, d'une cocasserie monotone à faire pouffer, des langues de militaires. Voilà ce qu'elles sont.

La langue chinoise, elle, n'a pas été faite comme les autres, forcée par une syntaxe bousculante et ordonnatrice. Les mots n'en ont pas été construits durement, avec autorité, méthode, redondance, par l'agglomération de retentissantes syllabes, ni par voie d'étymologie. Non, des mots d'une seule syllabe, et cette syllabe résonne avec incertitude. La phrase chinoise ressemble à de faibles exclamations. Un mot ne contient guère plus de trois lettres. Souvent une consonne noyante (le *n* ou le *g*) l'enveloppe d'un son de gong.

Enfin, pour être encore plus près de la nature, cette langue est chantée. Il y a quatre tons en langue mandarine, huit dans les dialectes du Sud de la Chine. Rien de la monotonie des autres langues. Avec le chinois, on monte, on descend, on remonte, on est à mi-chemin, on s'élance.

Elle reste, elle joue encore en pleine nature.

*

L'amour chinois n'est pas l'amour européen.

L'Européenne vous aime avec transport, puis tout d'un coup, elle vous oublie au bord du lit, songeant à la gravité de la vie, à elle-même, ou à rien, ou bien tout simplement reprise par l' « anxiété blanche ».

La femme arabe se comporte comme une vague. La danse du ventre, souvenez-vous-en, n'est pas une simple exhibition pour les yeux; non, le remous s'installe sur vous, vous êtes emporté et vous vous retrouvez un peu après béat, sans savoir exactement ce qui vous est arrivé, ni comment.

Et elle aussi se met à rêver, l'Arabie se dresse entre vous. Tout est fini.

La femme chinoise, pas du tout. La femme chinoise est comme la racine du *banian*, qui se retrouve partout, jusque parmi les feuilles. Telle, et quand vous l'avez introduite dans votre lit, il vous faut des jours pour vous en dégager.

La femme chinoise s'occupe de vous. Elle vous

considère comme en traitement. A aucun moment, elle ne se tourne de son côté. Toujours enlacée à vous, comme le lierre qui ne sait pas s'isoler.

Et l'homme le plus remuant la retrouve proche et aisée comme le drap.

La femme chinoise se met à votre service, sans bassesse, il ne s'agit pas de cela, mais avec tact, justesse, affection.

Il y a un moment, après d'autres moments, où presque tout le monde a envie de se reposer.

Vous peut-être, pas elle. Cette fourmi cherche aussitôt du travail et la voilà qui, attentive, procède à la mise en ordre de votre valise.

Véritable leçon d'art chinois. On la regarde stupéfait. Pas une épingle de sûreté, pas un cure-dent qu'elle ne tourne et ne déplace et ne mette dans une position parfaite et telle que des siècles et des millénaires de savante expérience sembleraient l'avoir enseignée.

Pas un objet dont elle ne s'informe par gestes, qu'elle n'essaie et n'expérimente et juge, et avant de le placer, elle joue avec. Puis, quand vous regardez toute cette ordonnance, il semble que le contenu de votre valise a maintenant quelque chose de poupin, de poupin et de dur aussi, et en quelque sorte d'indéréglable.

Quand la Chinoise parle d'amour, elle peut parler indéfiniment, on ne s'en lasse pas, elle peut même parler d'autre chose, comme elle fait probablement, elle a le langage de l'amour, l'amour est fait de monosyllabes (dès qu'un mot s'allonge, il a l'air de s'en aller et de tirer à lui, dès qu'une phrase paraît, la phrase vous sépare).

La langue chinoise est faite de monosyllabes, et des plus courts, des plus inconsistants, et avec quatre tons chantés. Et le chant est discret. Une sorte de brise, de langue d'oiseaux. Langage si modéré et affectueux qu'on l'entendrait toute sa vie, sans s'énerver, même ne le comprenant pas.

Telle est la femme chinoise. Et cependant, tout cela ne serait rien si elle ne remplissait cette admirable condition du mot *mitschlafen*, dormir avec. Il y a des hommes tellement remuants que même leur oreiller, ils le jettent par terre sans s'en douter.

Comment fait la femme chinoise? Je ne sais; une sorte de sens de l'harmonie, subsistant dans son sommeil, la fait, par des mouvements appropriés, ne jamais se détacher, toujours se subordonner à ce qui serait tout de même si beau : être harmonieusement deux.

*

En Europe, tout finit en tragique. Il n'y a jamais eu attrait pour la sagesse, en Europe (tout au moins après les Grecs... déjà bien discutables).

Le tragique de société des Français, l'Œdipe des Grecs, le goût du malheur des Russes, le tragique vantard des Italiens, l'obsession du tragique des Espagnols, l'hamlétisme, etc.

Si le Christ n'avait pas été crucifié, il n'aurait pas fait cent disciples en Europe.

Sur sa *Passion*, on s'est excité.

Qu'est-ce que les Espagnols feraient s'ils ne voyaient pas les plaies du Christ? Et toute la littérature européenne est de souffrance, jamais de sagesse. Il faut attendre les Américains Walt Whitman et l'auteur de *Walden* pour entendre un autre accent.

Aussi, le Chinois, qui fait peu de poésie crève-le-cœur, qui ne se plaint pas, n'exerce-t-il que peu d'attrait sur l'Européen.

*

Le Chinois regarde la Mort sans aucun tragique. Un philosophe chinois déclare très simplement : « *Un vieillard qui ne sait pas mourir, je l'appelle un vaurien.* » Voilà qui est entendu.

D'ailleurs, le tiers de la Chine est un cimetière. Mais quel cimetière !

La campagne chinoise, quand je la vis pour la première fois, m'a été droit au cœur. Des tombes, des montagnes entières (ou plutôt le flanc de l'une, le côté Est d'une autre), couvertes de tombes, mais pas de tombes dures et droites, non, d'hémicycles de pierres..., qui invitent. Il n'y a pas d'erreur, elles invitent. D'ailleurs, elles n'effraient personne. Tout Chinois a son cercueil de son vivant. Il est à l'aise avec la mort.

Quand un homme meurt dans une province éloignée, on lui prépare, en attendant qu'on puisse le transporter dans son pays, une chambre, où les membres de la famille, le fils, la fille, etc., viennent, de temps à autre, se retrouver là, méditer un peu, manger, parler, jouer au majong.

*

La *peinture*, le *théâtre* et l'*écriture chinoise*, plus que toute autre chose, montrent cette extrême réserve, cette concavité intérieure, ce manque d'*aura* dont je parlais. La peinture chinoise est principalement de paysage. Le mouvement des choses est indiqué, non leur épaisseur et leur poids, mais leur linéarité si l'on peut dire. Le Chinois possède la faculté de réduire l'être à l'être signifié (quelque chose comme la faculté mathématique ou algébrique). Si un combat doit prendre place, il ne livre pas le combat, il ne le simule même pas. Il le signifie. Cela seul l'intéresse, le combat lui-même lui paraîtrait grossier. Et cette signification est établie par un tel rien, qu'un simple Européen ne peut espérer déchiffrer la pièce. D'autant qu'il y en a des centaines. Par-dessus cela, quantité d'éléments sont décomposés et ensuite recomposés par fragments, comme on ferait en algèbre.

S'il s'agit d'une fuite, tout sera représenté sauf la fuite, — la sueur, les regards de droite et de gauche, mais pas la fuite. Si l'on vous représente la vieillesse, vous aurez tout là, sauf l'expression de vieillesse, et l'allure de la vieillesse, mais vous aurez, par exemple, la barbe et le mal au genou.

Dans la création des caractères chinois, ce manque de don pour l'ensemble massif, et pour le spontané, et ce goût de prendre un détail pour signifier l'ensemble est beaucoup plus frappant encore et fait que le chinois, qui aurait pu être une langue universelle, n'a jamais, sauf le cas de la Corée et du Japon, franchi la frontière de Chine et passe même pour la plus difficile des langues.

C'est qu'il n'y a pas cinq caractères sur les vingt mille qu'on puisse deviner au premier coup d'œil, au contraire des hiéroglyphes d'Égypte dont les éléments, sinon l'ensemble, sont aisément reconnaissables. Ici pas cent caractères simples, même dans l'écriture primitive. Le Chinois veut des ensembles.

Prenons une chose qui a l'air bien simple à représenter : une chaise. Elle est formée des caractères suivants (eux-mêmes méconnaissables) :

1) arbre; 2) grand; 3) soupirer d'aise avec admiration; le tout fait *chaise*, et qui se recompose vraisemblablement comme ceci : *homme* (assis sur les talons ou debout), *soupirant d'aise près d'un objet fait du bois d'un arbre*. Si encore on voyait les différents éléments! Mais si on ne les connaît pas d'avance, on ne les trouvera pas.

L'idée de représenter la chaise elle-même, avec son siège et ses pieds, ne lui vient pas.

Mais la chaise qui lui convenait, il l'a trouvée, non apparente, discrète, aimablement suggérée par des éléments de paysage, déduite par l'esprit plutôt que désignée, et cependant incertaine et comme « jouée ».

Ce caractère, qui est un des caractères composés les plus faciles, montre assez combien il répugne au Chinois de voir tel quel un objet, et d'autre part, son goût délicieux pour les ensembles, pour le paysage figuré. Même si le Chinois représente tel quel l'objet, au bout de peu de temps, il le déforme et le simplifie. Exemple : l'éléphant a, au cours des siècles [1], pris huit formes.

D'abord, il avait une trompe. Quelques siècles après, il l'a encore. Mais on a dressé l'animal comme un homme. Quelque temps après, il perd l'œil et la tête, plus tard le corps, ne gardant que les pattes, la colonne vertébrale et les épaules. Ensuite il récupère la tête, perd tout le reste, sauf les pattes, ensuite il se tord en forme de serpent. Pour finir, il est tout ce que vous voulez; il a deux cornes et une tétine qui sort d'une patte.

*

La poésie chinoise est tellement délicate qu'elle ne rencontre jamais une *idée* (au sens européen du mot).

1. *The evolution of Chinese writing*, Owen, p. 8, fig. 1.

Un poème chinois ne se peut traduire. Ni en peinture, ni en poésie, ni au théâtre, il n'a cette volupté chaude, épaisse, des Européens. Dans un poème, il indique, et les traits qu'il indique ne sont même pas les plus importants, ils n'ont pas une évidence hallucinante, ils la fuient, ils ne suggèrent même pas, comme on dit souvent, mais plutôt, on *déduit* d'eux le paysage et son atmosphère.

Quand *Li Po* nous dit de ces choses apparemment faciles comme ceci (et c'est le tiers du poème) :

Bleue est l'eau et claire la lune d'automne.
Nous cueillons dans le lac du Sud des lis blancs.
Ils paraissent soupirer d'amour
remplissant de mélancolie le cœur de l'homme dans la barque..

il faut dire d'abord que le coup d'œil du peintre est si répandu en Chine que, sans autre indication, le lecteur voit de façon satisfaisante, s'en réjouit, et tout naturellement peut vous dessiner au pinceau le tableau en question. De cette faculté, un exemple ancien :

Vers le XVIe siècle, je ne sais sous quel empereur, la police chinoise faisait faire à la dérobée, par ses inspecteurs, le portrait de chaque étranger entrant en Chine. Dix ans après avoir vu le portrait seulement, un policier vous reconnaissait. Mieux, si un crime était commis et que l'assassin disparût, il se trouvait toujours quelqu'un dans les environs pour faire *de mémoire* le portrait de l'assassin, lequel, tiré à plusieurs exemplaires, était envoyé, ventre à terre, sur les grandes routes de l'Empire. Cerné de tous côtés par ses portraits, l'assassin devait se livrer au juge.

Malgré ce don de voir, l'intérêt que prendrait un Chinois, à la traduction française ou anglaise du poème, serait médiocre.

Après tout, que contiennent ces quatre vers de Li Po en français? Une scène.

Mais en chinois, ils en contiennent une trentaine; c'est un bazar, c'est un cinéma, c'est un grand tableau. Chaque mot est un paysage, un ensemble de signes dont les éléments, même dans le poème le plus bref, concourent à des allusions sans fin. Un poème chinois est toujours trop long, tant il est surabondant, véritablement chatouillant et chevelu de comparaisons.

Dans *bleue* (*Spirit of Chinese Poetry*, de V. W. W. S. Purcell), il y a le signe de casser du bois et celui de l'eau, sans compter la soie. Dans *clair*, il y a la lune, et le soleil à la fois. Dans *automne*, le feu, et le blé, et ainsi de suite.

Si bien qu'après trois vers seulement, il y a une telle affluence de rapprochements et de raffinements, qu'on est intensément ravi.

Ce ravissement est obtenu par *équilibre et harmonie*, état que le Chinois goûte par-dessus tout, et qui lui est une sorte de *paradis* [1].

---

1. Le Chinois a toujours désiré un *accord universel* où le ciel et la terre *soient dans un état de tranquillité parfaite* et où *tous les êtres reçoivent leur complet développement*.

Un intrigant, qui voulait soulever le peuple, disait : « L'Empereur n'est *plus en harmonie avec le ciel.* » À ces mots, les pay-

Ce sentiment, plus opposé encore à la paix exaltée hindoue qu'à l'énervement et à l'action européenne, ne se retrouve nulle part ailleurs que dans les races jaunes.

*

Ce que le Chinois sait le mieux, c'est l'art de s'esquiver.

Vous demandez un renseignement dans la rue à un Chinois, aussitôt il prend la poudre d'escampette. « *C'est plus prudent*, pense-t-il. *Ne pas se mêler des affaires d'autrui. On commence par des renseignements. Ça finit par des coups.* »

Peuple que tout met en fuite, et ses petits yeux détalent dans les coins quand vous le regardez en face [1].

Pourtant, les Chinois furent et redeviennent d'excellents soldats.

Vieux, vieux peuple d'enfants qui ne veut savoir le fond de rien.

Le mensonge, à proprement parler, n'existe pas en Chine.

Le mensonge est une création d'esprits excessivement droits, militairement droits, comme l'im-

---

sans atterrés, et les nobles et tout le monde, couraient aux armes... et l'empereur perdait son trône.

1. n. n. Ce doit être extraordinaire à qui retourne là-bas, maintenant, dans les mêmes villes où on reculait d'autour de lui, de voir des visages assurés, qui ne se dérobent pas, souriants, amicaux, ouverts.

pudicité est une invention de gens éloignés de la nature.

Le Chinois s'adapte, marchande, calcule, échange.

Il accompagne la vague. Le paysan chinois croit avoir *trois cents âmes* [1].

Tout ce qui est tortueux dans la nature lui est une douce caresse.

Il considère la racine comme plus « nature » que le tronc.

S'il trouve une grosse pierre, trouée, crevassée, il la recueille comme son enfant, ou plutôt comme son père et la place sur un socle dans son jardin.

Lorsque vous apercevez à vingt mètres de vous un monument ou une maison, ne vous figurez pas que quelques secondes vous en rapprocheront. Rien n'est droit, d'infinis détours vous conduiront et peut-être perdrez-vous votre chemin, et jamais n'arriverez à ce qui était presque au bout de votre nez.

Cela pour contrarier la marche des « démons » qui ne peuvent que marcher droit, mais surtout parce que tout ce qui est droit met le Chinois mal à l'aise et lui donne l'impression pénible du faux.

Peuple à la morale anémique, qu'on dirait souvent pour enfants [2]. Outre un catéchisme laïc

---

1. *The Chinese idea of the second self*, par E. T. C. Werner.
2. n. n. Tchang Kaï-chek lui-même, en pleine guerre, en plein soulèvement des provinces, édite un petit recueil de bons préceptes et de règles de politesse et de maintien... Et ce ne sera pas le dernier que l'on verra en Chine.

portant surtout sur des règles de civilité, et de bonne conduite, de conduite exemplaire, les rites commandaient. Institution singulière, unique. Le rituel, à qui a affaire aux autres est, à bien connaître.

Ainsi il ne *perdra pas la face* [1]. Depuis le dernier coolie jusqu'au premier mandarin, il s'agit de ne pas perdre la face, ils y tiennent; elle, surtout, compte.

Sagesse de bambins, mais ayant sur toutes les autres civilisations des avantages stupéfiants et inattendus et provenant sans doute du sens de l'*efficacité* que possède le Chinois (il est l'inventeur du jiu-jitsu).

La *gracieuseté*, la douceur sont, huit cents ans avant Confucius, indiquées comme qualités essentielles dans les « livres historiques ».

*

Obéir à la sagesse, une sagesse raisonnée politico-boutiquière, discutée et pratique, a toujours été la préoccupation des Chinois.

1. n. n. Encore actuellement, au lieu d'emprisonner, d'exiler, d'exécuter des opposants, des généraux dissidents ou déviationnistes, ou autres « suspects » ou traîtres, on les voit dans Pékin et ailleurs qui sont promenés, un écriteau sur la poitrine, où, en grands caractères, ils sont désignés comme des sots, insultés, offerts à la risée du public, menés dans la rue, où ils *perdent la face*.

C'est là leur grande première punition.

Et l'autocritique? dira-t-on. Mais n'est-ce pas une façon de se faire honte, qui permet d'échapper à la honte que d'autres vous infligeraient et qui serait plus insupportable?

Ainsi dans la politesse chinoise traditionnelle il convient *d'abord* de se ravaler à l'extrême.

Les Chinois ont toujours exigé de leurs empereurs la sagesse. Leurs philosophes leur parlaient comme parlent des gens que chacun est tenu d'écouter. L'empereur craignait d'avoir *à rougir...* devant eux.

Le bandit échappe aux lois de l'empire, mais pas à cette loi.

Un bandit inconsidéré jamais ne trouverait à enrôler un homme.

Au contraire, le bandit avisé recueille beaucoup d'appuis.

En Chine, rien n'est absolu. Aucun principe, aucun *a priori*. Et rien ne choque la victime. Le bandit est considéré comme un élément de la nature.

Cet élément est de ceux avec lesquels on peut faire du petit commerce. On ne le supprime pas, on s'en arrange. On traite avec lui.

Pratiquement, on ne peut, en Chine, sortir d'une ville [1]; à vingt minutes de là, on vous attrape. Cependant, au cœur de la Chine peut-être on ne vous attrapera pas. Mais la *sécurité* n'existe nulle part. Il y a des pirates à deux heures de *Macao*, à deux heures de *Hong-Kong*, qui s'emparent des bateaux.

Or le Chinois, le commerçant chinois en est la première victime.

---

1. n. n. Ce qui a été vrai si longtemps en bien des provinces, en plusieurs règnes malgré l'autorité impériale, la révolution maoïste l'a radicalement supprimé avec tant d'autres façons pourtant bien entrées dans les mœurs.

N'importe. Pour que le Chinois voie clair, il faut d'abord que les affaires soient compliquées. Pour qu'il voie clair dans sa maison, il lui faut au moins dix enfants et une concubine. Pour qu'il voie clair dans les rues, il faut que ce soient des labyrinthes. Pour que la ville soit gaie, il la lui faut kermesse.

Pour qu'il aille au théâtre, il faut qu'il y ait, dans le même bâtiment, *huit à dix théâtres* de drames, de comédies, des cinémas, plus une galerie pour prostituées, accompagnées de leurs mères, quelques jeux d'adresse et de hasard, et, dans un coin, un lion ou une panthère.

Une rue commerçante chinoise est bourrée d'affiches. Il en pend de tous côtés. On ne sait laquelle regarder.

Que la ville européenne est vide [1] à côté, vide, propre, oui ! et terreuse.

*

Le Chinois, avant l'arrivée de l'Européen, était, dans le commerce, d'une honnêteté remarquable, célèbre dans toute l'Asie.

Mais si honnête qu'il soit, la malhonnêteté ne le choque pas. En effet, dans la nature, il n'y a

---

1. On croit que les Chinois grouillent parce qu'ils ont beaucoup d'enfants. N'est-ce pas l'inverse? Ils aiment l'ensemble, les ensembles, non pas l'individu; le panorama, non pas une chose.

pas de malhonnêteté. Une chenille qui prélève une tranche de parenchyme dans une feuille de cerisier est-elle malhonnête?

Le Chinois, ni honnête ni malhonnête.

S'il s'agit d'être honnête, il adoptera l'honnêteté comme on adopte une langue.

Quand, faisant des affaires avec des Anglais, vous avez été amené à faire votre correspondance en anglais, toutes vos lettres seront en anglais, et non pas toutes moins cinq ou six par mois; ainsi le Chinois qui adopte l'honnêteté du type rigide est parfaitement honnête. Il ne s'écarte plus du type rigide, il y est plus fidèle que l'Européen.

*

Les Européens (Germains, Gaulois, Anglo-Saxons) sont de fameux Chinois. On dit souvent que les Chinois ont tout inventé... Hum!

La chose curieuse, c'est que les Européens ont précisément réinventé et « recherché » ce que les Chinois ont inventé et recherché.

Quand les Chinois se vantent d'avoir trouvé le diabolo, le polo, le tir à l'arc, le football, le jiu-jitsu, le papier, etc., eh bien, que voulez-vous, ça n'élève pas le Chinois. Ça n'élève pas non plus l'Européen. Ça élève l'Hindou qui, intensément cultivé, n'inventa pas le diabolo, le football, etc.

Je serais une civilisation, je ne me vanterais

pas d'avoir inventé le diabolo. Oh non, j'en aurais honte plutôt, et je me cacherais à moi-même. Je prendrais de meilleures résolutions pour l'avenir.

Les Chinois et les Blancs souffrent de la même maladie.

Dans la journée, ils bricolent, puis il leur faut des jeux.

Sans le théâtre, le Chinois des villes ne trouve pas la vie supportable. Il lui faut mille jeux.

Là, dans le jeu, il vit. A *Macao*, dans les tripots ils s'animent légèrement, mais craignant le ridicule, ils sortent bientôt prendre une pipe d'opium, et, s'étant refait une tête de bois, rentrent dans la salle.

A chaque instant, dans la rue, on entend des sous qui tombent, des « pile ou face! » et aussitôt un concours de têtes qui regardent et prient.

Malgré tous ces jeux, une maladie guette les Chinois : il arrive qu'ils ne sachent plus rire. A force de dissimuler, de faire des plans, de se faire une tête, ils ne savent plus rire. Maladie terrible. On a vu un enfant dévoué qui, par amour filial, butait et tombait sur des seaux d'eau pour dérider ses parents atteints de « la Maladie ». Or quand on sait comme le Chinois : 1º a horreur de l'eau, 2º craint le ridicule, on comprend la gravité de la maladie à guérir, et les devoirs formidables de l'amour filial en Chine.

*

On ne saurait assez considérer les Chinois comme des animaux. Les Hindous, comme d'autres animaux, les Japonais, *idem*, et les Russes et les Allemands, et ainsi de suite. Et dans chaque race, ces trois variétés : l'homme adulte, l'enfant, et la femme. Trois mondes. Un homme est un être qui comprend peu l'enfant, peu la femme.

Et ni eux, ni nous n'avons raison. Nous avons évidemment tous tort.

Aussi, la question de savoir si Confucius est un grand *homme* ne doit pas se poser. La question est de savoir s'il fut un grand Chinois, et comprit bien les Chinois, ce qui semble vrai, et les orienta pour le mieux, ce qui est incertain.

Et *idem* Bouddha, pour l'Inde, etc.

Dans ces différentes espèces humaines, la philosophie rapproche en général du type de la race, mais parfois aussi s'en éloigne.

C'est pourquoi il est difficile de savoir jusqu'où *Confucius*, *Lao-Tseu* ont chinoisé les Chinois, ou les ont déchinoisés et jusqu'où *Mencius*, mettant la guerre et le militaire au ban de l'empire, a aidé la lâcheté chinoise ou combattu l'élan guerrier chinois. Se rappeler que le Chinois qui s'emporte est un démon que plus rien ne retient et auprès duquel un Malais « amok » est un homme doux, et que les traits de courage furent au moins aussi abondants en Chine qu'ailleurs et que leur indifférence à la mort est incomparable.

*

Pour faire combattre entre elles des fourmis, il est recommandé de leur arracher une patte et, ainsi blessées, de les rouler pêle-mêle sur le sol, en appuyant, mais pas trop fort.

Il est rare que cela n'excite pas leur rage, quelque chose d'ivre qui les prend, et elles oublient tout des lois de la race et de l'entraide-fourmi.

Bientôt des championnes se distinguent.

On peut alors observer une loi bien curieuse.

Une championne de 1re catégorie, imbattue jusque-là, sera renversée et malmenée par une petite championne de 3e ordre, que déjà quantité ont bousculée et dominée, et qui, remise en présence d'autres, sera presque toujours vaincue.

Ainsi, parmi les peuples blancs, l'Américain en ce moment, malgré les critiques qu'on lui adresse d'un air protecteur (comme les Chinois à l'Europe), des critiques de vieux, l'Américain fait figure de solide gaillard qui va tout manger.

Cette idée, en tout cas, est balayée en ce moment de mon esprit et pour quelque temps. J'ai vu les soldats japonais à *Chapei*. Des hommes trapus, carrés, prêts à sauter, meute qu'il faut retenir, avec de la joie et peut-être une sorte de férocité dans la figure, en tout cas la santé et l'exubérance dans le sacrifice de soi.

Des patrouilles en auto-mitrailleuses plus menaçantes que des corps d'armées.

Quand, un peu plus loin, on voyait des camions chargés de soldats américains, ces camions pleins de grands enfants, bons bébés à faire de l'argent, on se regardait stupides : ils n'existaient pas à côté des Japonais.

L'Anglais n'est peut-être pas un peuple qui mérite l'admiration universelle. Il est tout de même arrivé (comme le Phénicien, autre commerçant, fit adopter son alphabet) à faire parler sa langue à la moitié du monde. Tous les peuples à son exemple se rasent, prennent un bain le matin, font des affaires, poussent un ballon ou frappent des balles aux moments perdus.

Il faut toutefois reconnaître que sa petite-fille, l'Amérique, lui a donné un sérieux coup de main et qu'elle a, plus que les Anglais, attiré l'attention du monde sur ces exercices et sports et jeux où on ne *risque rien*. Certes, je ne suis pas militariste, je n'aime peut-être pas les dogues. Mais quand je vois un dogue près d'un épagneul, tout naturellement je pense qu'un épagneul seul est bien, mais que les deux chiens étant réunis, le dogue est celui qui fera belle figure. Dans les sports, on se démène beaucoup. Mais à côté de gens prêts à risquer leur vie, les sportifs ont l'air futiles. Comme les gens qui ont fait la noce, qui ont participé à un tas d'actions de crapules et de bandits, quand on les rencontre, on baisse les yeux. Car le cran, tout de même, c'est quelque chose.

Quant aux Chinois, ils n'avaient pas l'air idiots, ils avaient l'air sages, lents, réfléchis, pas du tout vaincus, avec peut-être un rien de réprobation d'aïeul qui sait que le Temps, le Temps est le grand Maître.

*

Les Chinois ne sont pas des songe-creux. Ils n'ont pas eu des systèmes transcendantaux ou des éclairs de génie, mais des trouvailles d'une valeur pratique incalculable.

Confucius : l'Edison de la morale.

La gentillesse, le calme (ne vous mêlez pas de ce qui ne vous regarde pas... Conduisez-vous selon votre état, si vous êtes puissant comme un puissant, si vous êtes criblé de dettes comme un homme criblé de dettes, etc.), la correction vestimentaire, la politesse...

Personne, comme le Chinois, ne s'est préoccupé des rapports entre humains avec autant de sollicitude, de prévoyance.

Sun Yat Sen disait très justement : « En fait de politique la Chine n'a rien à apprendre de l'Europe. » Elle en apprendrait plutôt à l'Europe et même à l'Inde, elle qui a tout fait, tout pratiqué, jusqu'à l'absence systématique de gouvernement.

Sans municipalités, sans avocats (s'il s'en présente un, on le met en prison... les avocats attirent les procès), sans armées (les armées attirent la guerre), elle a pu vivre très bien tout un temps, tout le temps que les Chinois furent suffisamment sages.

Quand on n'est plus sage, alors, hélas, il faut des administrations formidables sans pouvoir d'ailleurs empêcher querelles, conflits, guerres, révolutions et destructions.

Le Chinois n'insiste pas sur les devoirs envers l'humanité en général, mais envers *son* père et *sa* mère; c'est où l'on vit qu'il faut que les choses aillent bien, ce qui demande, en effet, un doigté et une vertu dont les saints européens sont à peine capables.

*

Le Chinois romantique n'est pas encore né. Il veut toujours *avoir l'air* raisonnable.

Tsin che Hoang Ti, un des plus fameux et des plus fantaisistes tyrans du monde, qui fit peindre en rouge (couleur des condamnés) toute une montagne, parce que ses gens y avaient essuyé un orage, *Tsin che Hoang Ti* qui faisait préparer un bain d'eau bouillante dans la salle du Trône, quand un de ses officiers lui demandait une audience qui lui déplaisait, ce même empereur fait un peu partout graver des stèles : « Tout va bien. Les poids et mesures sont unifiés. Les hommes sont bons maris, les parents respectés. Partout où souffle le vent, tout le monde est content », etc.

D'autre part, quel que soit le sujet d'une pièce de théâtre, toutes les cinq minutes, il y a une scène de délibération. On se croirait à un procès. Et les acteurs entrent en disant : je suis un tel, je viens de..., je vais à..., pour qu'il n'y ait pas de confusion. Bien expliquer, c'est raisonnable [1].

*

Les Chinois nous détestent, nous, ces maudits touche-à-tout, qui ne peuvent rien laisser tranquille. Obus, boîtes de conserves, missionnaires, il faut que nous leur lancions notre activité à la tête.

Aussi, quelle haine en Extrême-Orient, et jalousie! Et nous, comment paraître innocents? Mais

1. n. n. Le Chinois n'aura jamais fini de rechercher le raisonnable.

Fascination du raisonnable, de présenter tout comme raisonnable.

Mao Tsé-toung, qui retourna la Chine, transforma complètement, en quelques années, une société millénaire; qui eut les projets les plus audacieux, certains irréalisables mais qui furent réalisés, d'autres insensés d'audace comme quand il entreprit de petits « hauts fourneaux de village », pour produire de l'acier malgré l'avis de tous les techniciens; qui institua des villages nouveaux, à dortoirs, où les ménages, les familles n'avaient plus place; l'homme du fameux « bond en avant » qui ne recule devant rien, recule devant le paradoxe, le brillant, l'éloquent, le romantique. Ses petits livres sont écrits d'une façon simple, en formules simples, pour faire raisonnable, avant tout raisonnable...

d'avoir vu cette haine constamment braquée sur moi, j'en ai été affecté peut-être moi-même à leur égard.

*

Le Chinois a le goût de l'imitation poussé à un tel degré, une soumission si naturelle au modèle qu'on en est mal à l'aise [1].

Cette manie est tellement ancrée en eux, que les philosophes chinois ont basé sur elle à peu près toute leur morale, qui est une morale d'*exemple*.

Le livre des vers dit :

« *Le Prince, dont la conduite est toujours pleine d'équité et de sagesse, verra les hommes des quatre parties du monde imiter sa droiture. Il remplit ses devoirs de père, de fils, de frère aîné et de frère cadet et* ENSUITE LE PEUPLE L'IMITE. »

Et voilà, le tour est joué! C'est irrésistible. Ça va aller maintenant tout seul.

Le Chinois dut être stupéfait de voir l'Européen ne pas imiter. C'est-à-dire : il avait une occasion d'être stupéfait. Mais un Chinois ne va pas montrer de la stupéfaction.

---

1. Il copie sans une faute et sans apprentissage une robe de Paris. Le Musée de Pékin montre des milliers de plantes en pierre, de couleurs variées, des fleurs en pot, imitées à s'y méprendre. Le Chinois les préfère aux fleurs naturelles. Il copie aussi des coquillages et des pierres. Il copie la lave avec du bronze. Il place dans son jardin des *scories artificielles en béton*

C'est une idée courante parmi les Chinois que la peinture *doit tenir la place de la nature*, que les tableaux doivent donner une telle impression de celle-ci que le citadin n'ait plus à se déranger pour aller à la campagne, ce qui, en fait, se produit.

Les *sampans*, sur le fleuve à *Canton*, sont d'un dénuement désespérant, mais il y a toujours un ou deux tableaux accrochés à l'intérieur.

Dans les derniers taudis chinois, il se trouve des tableaux aux larges horizons, aux montagnes superbes.

*

Un ancien philosophe chinois prononce cet encouragement à la vertu, un peu bébête, « que si le gouvernement d'un petit État est bon, tout le monde (tout le monde chinois, cela va de soi) y affluera », et en augmentera la puissance et la prospérité.

Il connaissait ses Chinois, vieux Chinois lui-même.

La chose se vérifie encore de nos jours. La *Malaisie* a un gouvernement stable et sûr. Les Chinois y affluent. Ils y sont deux millions. *Singapour* est une ville chinoise. La Malaisie, me disait un ami, est une colonie chinoise administrée par les Anglais.

Le commerce de *Java* est aux mains des Chinois.

Dans les moindres villages, ils ont leur boutique.

A *Bornéo*, ou même à *Bali*, où les habitants vivent entre eux et n'ont besoin de personne, quelques Chinois sont arrivés à s'installer et faire du commerce.

On raconte que *Confucius* et ses disciples rencontrèrent un jour une brave femme (je donne l'histoire en gros). Ils apprennent que son père a été emporté par une inondation, son mari tué par un tigre, son frère piqué par un serpent, et un de ses fils saisi dans une mauvaise aventure du même type.

Alors Confucius, déconcerté : « Et vous restez dans un pays pareil? » (C'était un petit État de Chine qu'elle pouvait aisément quitter pour un autre.)

La femme donne alors cette réponse admirablement chinoise : « Le gouvernement n'y est pas trop mauvais! »

Ce qui donnait à entendre que le commerce marchait, que les impôts étaient modérés.

Ces choses-là vous clouent sur place. Confucius lui-même sentit ses yeux s'arrondir.

*

Les Chinois voient-ils parfois grand? Certes.

Mais ils sont particulièrement grands travailleurs à de petites besognes.

Ils ont pu paraître profonds en politique à cause

de ce principe de « laissez faire, tout s'arrangera », qu'ils réservent pour les grandes choses.

Mais on remarque que c'est tout le contraire qu'ils appliquent aux petites, où il n'est rien qu'ils ne remuent pour arriver à placer leurs marchandises petites ou grandes, le plus souvent petites.

Ils font des projets, plantent des jalons, se ménagent des appuis, dressent des embûches, et l'ont toujours fait, car ils ont toujours aimé combiner.

Chaque être naît avec une évidence, un principe qui n'a pas besoin d'être démontré, généralement loin d'être transcendantal, et autour duquel il assemble ses notions... On croit généralement que l'idée centrale intime de Confucius était les obligations envers la famille, envers le prince et la sagesse. Qu'en savons-nous ?

Une idée trop essentielle, trop intime, pour qu'il pût, pour que les Chinois pussent s'en apercevoir, lui servait constamment de base. C'était peut-être que l'homme est fait pour trafiquer [1].

Au XVIIIᵉ siècle, un grand auteur chinois se creusa la tête. Il voulait un récit absolument fantastique, brisant les lois du monde. Que trouva-

1. Le Chinois peut tout négocier : une insulte, une armée, une ville, un sentiment et même sa mort. Il vend sa conversion contre une montre, et sa mort contre un cercueil (pour un cercueil de bon bois, on a vu des coolies se faire exécuter à la place de condamnés plus riches). Aux premiers Portugais catholiques avides de convertir des païens, les Chinois offraient douze cents baptêmes contre un canon. Un bon mortier en valait trois mille.

t-il? Ceci : son héros, sorte de Gulliver, arrive dans un pays *où les marchands essayaient de vendre à des prix ridiculement bas, et où les clients insistaient pour payer des prix exorbitants.* — Après ça, l'auteur crut avoir secoué les bases de l'Univers et des mondes étoilés [1]. Une imagination aussi formidable, pense ce Chinois, n'existe nulle part ailleurs.

*

Le Chinois est peu sensuel, et tout à la fois, l'est beaucoup. Mais finement.

Il n'a guère de littérature érotique ancienne. Il n'est pas troublé par la femme, ni la femme par l'homme. Il n'est même pas troublé au moment où tout le monde l'est. Cela est sans conséquence. Cela ne laisse pas de trace. Non, cela ne lui remue pas le sang. Tout se passe dans un printemps frais et encore proche de l'hiver. S'il désire vraiment, ce sera une petite fille qui garde encore la ligne délicate et maigre de l'enfance. Il n'a pas de boue. Les cartes obscènes chinoises sont pleines d'esprit. Sa musique a toujours une âme claire où on passe au travers. Il ne connaît pas le charnel épais de l'Européen, il n'a pas le ton chaud et gros des

1. Je remarque avec Giles que Herbert Spencer avait pensé à cela, exactement à cela. Un philosophe pourtant. Mais le philosophe d'une nation de boutiquiers est plus profondément boutiquier que philosophe, comme un chien de chasse n'est pas tellement chien de chasse qu'il n'est chien

voix, des instruments de musique, des récits européens, il n'a pas ce sentimentalisme écœurant
anglais ou américain, français ou viennois, ce sens
du long baiser, de la glu, et de l'affaissement de
soi.

La peinture chinoise est propreté, absence
d'impressionnisme, de tremblement. Pas d'air entre
les objets, mais un éther pur. Les objets sont
tracés, ils semblent des souvenirs. C'est eux, et
pourtant ils sont absents, comme des fantômes
délicats que le désir n'a pas appelés. Le Chinois
aime surtout les horizons lointains, ce à quoi on
ne peut pas toucher.

L'Européen veut pouvoir toucher. L'air de ses
tableaux est épais. Ses nus sont presque toujours
lubriques, même dans les sujets tirés de la Bible
La chaleur, le désir, les mains les tripotent.

*

Le Chinois a le génie du signe. L'ancienne écriture chinoise, celle des sceaux, ne contenait déjà
plus ni volupté dans la présentation ni dans le
tracé, l'écriture qui lui a succédé a perdu ses cercles,
ses courbes, et tout enveloppement. Dégagée de
l'imitation, elle est devenue toute cérébrale, maigre,
inenveloppante (envelopper : volupté).

Et seul le théâtre chinois est un théâtre pour
l'esprit.

Seuls les Chinois savent ce que c'est qu'une représentation théâtrale. Les Européens, depuis longtemps, ne représentent plus rien. Les Européens présentent tout. Tout est là, sur scène. Toute chose, rien ne manque, même pas la vue qu'on a de la fenêtre.

Le Chinois, au contraire, place ce qui va signifier la plaine, les arbres, l'échelle, à mesure qu'on en a besoin. Comme la scène change toutes les trois minutes, on n'en finirait pas d'installer des meubles, des objets, etc. Son théâtre est extrêmement rapide, du cinéma.

Il peut représenter beaucoup plus d'objets et d'extérieurs que nous.

La musique indique le genre d'action ou de sentiment.

Chaque acteur arrive sur scène avec un costume et une figure peinte qui disent bien tout de suite qui il est. Pas de tricherie possible. Il peut dire tout ce qu'il veut. Nous savons à quoi nous en tenir.

Sur sa figure le caractère est peint. Rouge, il est courageux, blanc avec raie noire, il est traître, et on sait jusqu'à quel point; s'il n'a qu'un peu de blanc sur le nez, c'est un personnage comique, etc.

S'il a besoin d'un grand espace, il regarde au loin, tout simplement; et qui regarderait au loin s'il n'y avait pas d'horizon? Quand une femme doit coudre un vêtement, elle se met à coudre aussitôt. L'air pur seul erre entre ses doigts; néan-

moins (car qui coudrait de l'air pur?) le spectateur éprouve la sensation de la couture, de l'ai-
guille qui entre, qui sort péniblement de l'autre
côté, et même on en a plus la sensation que dans
la réalité, on sent le froid, et tout. Pourquoi?
Parce que l'acteur se représente la chose. Une
sorte de magnétisme apparaît chez lui, fait du
désir de sentir l'absente.

Quand on lui voit verser, avec le plus grand
soin, d'un broc inexistant, de l'eau inexistante,
sur un linge inexistant et s'en frotter la figure et
tordre le linge inexistant comme il se doit faire,
l'existence de cette eau, non apparue, et pourtant
évidente, devient en quelque sorte hallucinatoire
et si l'acteur laisse tomber le broc (inexistant) et
qu'on est au premier rang, on se sent éclaboussé
avec lui.

Il y a des pièces d'un mouvement incessant,
où l'on gravit des murs inexistants, en s'aidant
d'échelles inexistantes, pour voler des coffres
inexistants, théâtre d'où on sort épuisé.

Il y a souvent, dans des pièces comiques, de
longues minutes de mimique presque ininter-
rompue.

La mimique, le langage d'amoureux est quelque
chose d'exquis, meilleur que des mots, plus naturel, tangible, plus coulé, plus spontané, moins inti-
midant, c'est plus frais que l'amour, moins exagéré
que la danse, moins extra-familial, et on peut
représenter *tout* sans que ce soit choquant

J'ai vu, par exemple, un prince qui voyageait incognito, demander à une fille d'auberge par gestes de coucher avec elle.

Elle répondait, dans le même genre, par quantité d'impossibilités.

Les propositions de coucheries paraissent toujours difficilement séparables d'une certaine sensualité. Or, c'est curieux, il n'y en avait pas. Mais pas l'ombre; et cela dura bien un grand quart d'heure. C'était une obsession chez ce petit jeune homme. Toute la salle était amusée. Mais jamais cette obsession n'était gênante. Elle n'était pas *en chair*, mais à l'état *de tracé*, comme certaines figures vues en rêve, dépourvues de tout débordement.

*

Le style chinois, surtout le très ancien, est extraordinaire. Pas de développement lyrique, pas de progression unilinéaire.

Tout à coup, on bute, on ne passe plus. Un ancien écrit chinois paraît toujours sans liaison. Il a des moignons. Il est courtaud. Un écrit à nous, à côté, a l'air plein d'artifices et d'ailleurs la grammaire la plus riche, la phrase la plus mobile n'est autre qu'un truquage des éléments de la pensée.

La pensée, la phrase chinoise se plante là. Et elle reste calée, comme un coffre, et si les phrases coulent et s'enchaînent, c'est le traducteur qui les a fait couler.

Une grandeur pot-au-feu en émane.

Lao-tseu, Chuang-tsu, dans leur philosophie, Kao-ti (le paysan devenu empereur) dans ses proclamations aux Chinois, Wu-ti dans sa lettre au capitaine des Huns, ont ce style extraordinaire Ce style où l'on épargne les mots.

*

Rien n'approche du style de Lao-tseu. Lao-tseu vous lance un gros caillou. Puis il s'en va. Après il vous jette encore un caillou, puis il repart; tous ses cailloux, quoique très durs, sont des fruits, mais naturellement le vieux sage bourru ne va pas les peler pour vous.

*

Lao-tseu est un homme qui sait. Il touche le fond. Il parle le langage de l'évidence. Néanmoins, il n'est pas compris. « Le *Tao* qui s'exprime en mots n'est pas le véritable *Tao*. Combien petit! Combien grand! Combien insondable!...

« — Comment l'eau des fleuves fait-elle pour régner sur les torrents des hautes montagnes et les rivières?

— Parce qu'elle sait se tenir plus bas.

Travaillez par l'inaction.

A l'inaction tout est possible... »

Annihiler son être et son action, et l'univers vient à vous.

Ses disciples taoïstes cultivèrent plus le côté magique que le côté moral.

Un homme ainsi effacé n'est plus heurté ni par substances ni par phénomènes.

Un chasseur, pour effrayer le gibier, mit le feu à une forêt. Tout à coup, il vit un homme qui sortait d'un roc. Cet homme ensuite traversa le feu posément.

Le chasseur lui courut après.

« — Eh, dites donc. Comment faites-vous pour passer à travers le roc?

— Le roc? Qu'est-ce que vous entendez par là?

— Et on vous a vu passer aussi à travers le feu.

— Le feu? Que voulez-vous dire par le feu? »

Ce taoïste parfait, complètement effacé, ne rencontrait plus aucune différence nulle part.

D'autres fois, il vivait parmi les lions et les lions ne se rendaient pas compte qu'il était homme. Ils n'apercevaient rien d'étranger en lui.

Telle est la souplesse que donne la compréhension de *Tao*. Tel est l'effacement suprême auquel tant de Chinois ont rêvé.

*

Le Chinois n'a pas un élan fou. Une ville chinoise se distingue par ses formidables portes. Ce qu'il faut avant tout, c'est être protégé. Pas trop à l'intérieur de monuments orgueilleux, mais plutôt des portes importantes, fortement assises, destinées à effrayer, où entre aussi du bluff.

L'empire chinois se distingue de tous les autres par la Muraille de Chine. Ce qu'il faut avant tout, c'est être protégé.

Les édifices chinois se distinguent par leur toit. Ce qu'il faut avant tout, c'est être protégé.

Partout, il y a de grands écrans, puis il y a encore des paravents et naturellement les triples labyrinthes. Ce qu'il faut avant tout, c'est être convenablement protégé.

Le Chinois n'est jamais abandonné, mais toujours sur ses gardes, il a toujours l'air d'un affilié de société secrète.

Quoique guerrière quand ce fut absolument nécessaire, la Chine a été une nation pacifique. « *Avec le bon acier, on ne fabrique pas des clous. D'un jeune homme de valeur, ne faites pas un militaire.* » Telle est l'opinion publique. Toute l'éducation chinoise pousse tellement au pacifisme, que les Chinois étaient devenus lâches (pour quelque temps) et avec le plus grand sans-gêne [1].

Le Chinois, qui a sculpté des chameaux splendides et reposés, ainsi que des chevaux et avec beaucoup d'humour, n'a pu rendre le lion. Ses lions font des grimaces, mais ce ne sont pas des lions. Des eunuques plutôt.

---

1. Ils redeviennent avec l'épreuve des soldats... à la surprise générale.

L'ardeur naturelle, le sang piquant et la comba-
tivité naturelle échappent au Chinois.

La Chine est si essentiellement pacifique qu'elle
est pleine de bandits. Si le peuple chinois n'était
pas tellement pacifique, il prendrait les armes,
coûte que coûte il mettrait de l'ordre. Mais non.

Le paysan, le petit commerçant se voit trois
fois ruiné, spolié, ou même dix fois spolié. Cependant, après dix fois, il lui reste encore un peu de
patience en réserve.

Cette incertitude dans l'intérieur de la Chine, où
l'on risque ses biens et sa vie, et qui est si insupportable et angoissante pour l'Européen, le Chinois
vit au milieu de cela. Joueur, il sait se comporter
comme jouet.

*

C'est à Pékin que j'ai compris le saule, pas le
pleureur, le saule, à peine incliné, l'arbre chinois
par excellence.

Le saule a quelque chose d'évasif. Son feuillage
est impalpable, son mouvement ressemble à un
confluent de courants. Il y en a plus qu'on n'en
voit, qu'il n'en montre. L'arbre le moins ostenta-
toire. Et quoique toujours frissonnant (pas le fris-
sonnement bref et inquiet des bouleaux et des
peupliers), il n'a pas l'air en lui-même, ni attaché,
mais toujours voguant et nageant pour se main-
tenir sur place dans le vent, comme le poisson dans
le courant de la rivière.

C'est petit à petit que le saule vous forme, chaque matin vous donnant sa leçon. Et un repos fait de vibrations vous saisit, si bien que pour finir, on ne peut plus ouvrir la fenêtre sans avoir envie de pleurer.

*

Dans les choses qui semblent d'abord presque neutres, mais qui se révèlent à lui tout de suite (à nous à la longue) comme d'une douceur déchirante, mystique, le Chinois a mis son infini, un infini de justesse et de saveur.

Le jade, les pierres polies et comme humides, mais pas brillantes, troubles et pas transparentes, l'ivoire, la lune, une fleur seule dans son pot de fleur, les petites branches aux ramilles multiples aux feuilles minuscules, maigres, vibrantes, les paysages lointains et pris par un brouillard naissant, les pierres percées et comme torturées, le chant d'une femme affaibli par la distance, les plantes immergées, le lotus, le court sifflet flûté du crapaud dans le silence, les mets fades, un œuf légèrement avarié, un macaroni gluant, l'aileron de requin, une pluie fine qui tombe, un fils qui remplit ses devoirs filiaux en suivant les rites de façon trop juste, d'une justesse crispante à vous faire évanouir, l'imitation sous toutes ses formes des plantes en pierre, aux fleurs crémeuses, aux corolles, aux pétales et sépales d'une perfection agaçante, faire jouer des pièces de théâtre à la Cour par des prisonniers politiques, les y obliger, les délicieuses cruautés et à demi distraites, voilà ce que le Chinois autrefois a tant aimé.

*

Le Chinois, entre tous les peuples de race jaune, a quelque chose de puissant, de pesant surtout, lui-même un peu tonneau aux formes cylindriques, quand il prend de l'âge.

Auprès de la grande porte *Chien Meng* à Pékin, l'*Arc de triomphe de l'Étoile* paraît léger et amovible Une baignoire chinoise dans le Sud est souvent un grand pot de terre, rien de plus (dont on retire l'eau par petites cruchées qu'on se jette sur le corps), un grand pot, mais lourd, et il semble qu'on déplacerait plus facilement un piano à queue. Il y a dans le Chinois quelque chose d'accroupi. Ses lions sculptés sont comme des crapauds qui grimacent. Ses grues en bronze, ses oies pèsent sur terre comme des hommes, oiseaux humains qui ne comptent plus que sur la terre ferme. Ses meubles sont trapus. Ses lanternes, grosses et ventrues, et chaque maison a deux ou trois de ces tonneaux suspendus en l'air, qui oscillent lentement.

Dans des intérieurs misérables et absolument nus, parfois une grosse aiguière rouge, patriarche qui trône.

Les caractères sur les affiches japonaises sont

maigres et déliés. Sur les affiches chinoises, les caractères sont pansus, véritables poussahs, en culs d'hippopotames, et se tiennent les uns sur les autres écrasés, avec un aplomb burlesque et bas comme les notes les plus graves et les plus troublantes des contrebasses.

Aucune ville du monde n'a des portes aussi massives, aussi belles, aussi apaisantes, que Pékin.

*

Que l'on se mette bien dans la tête que le Chinois est un être tout ce qu'il y a de plus sensible. Il a toujours son cœur de gosse. Depuis quatre mille ans.

L'enfant est-il bon? Pas spécialement. Mais il est impressionnable. Le Chinois, une feuille qui tremble lui chavire le cœur, un poisson qui vogue lentement le fait presque évanouir. Qui n'a pas entendu *Mei-Lan-faug*, ne sait pas ce que c'est que la douceur, la douceur déchirante, décomposante, le goût des larmes, le raffinement douloureux de la grâce.

Et même un traité [1] de peinture, comme celui de Kiaï-Tseu-Yuan Houa Tchouan intitulé : *Les*

---

1. En bien d'autres encore (dans le traité sur l'élevage des vers à soie, le traité sur la musique, sur la chiromancie... ou même sur la guerre) sa naturelle poésie, qui est forme de représentation, abonde.

Enseignements de la peinture du jardin grand comme un grain de moutarde [1], est fait avec une telle dévotion et une telle poésie qu'il fait venir les larmes aux yeux.

Un rien froisse le Chinois.

Un gosse a affreusement peur des humiliations.

Qui n'a pas été *Poil de Carotte?* La peur des humiliations est tellement chinoise qu'elle domine leur civilisation. Ils sont polis pour cela. Pour ne pas humilier l'autre. Ils s'humilient pour ne pas être humiliés.

La politesse, c'est un procédé contre l'humiliation. Ils sourient.

Ils n'ont pas tant peur de perdre la face, que de la faire perdre aux autres. Cette sensibilité, véritablement maladive aux yeux de l'Européen, donne un aspect spécial à toute leur civilisation. Ils ont le sens et l'appréhension du « on dit ». Ils se sentent toujours regardés... « Quand tu traverses un verger, garde-toi, s'il y a des pommes, de porter la main à ta culotte et, s'il y a des melons, de toucher à tes chaussures. » Ils n'ont pas conscience d'eux, mais de leur apparence, comme s'ils étaient eux-mêmes à l'extérieur et s'observant de là. De tout temps exista dans l'armée chinoise ce commandement : « *Et maintenant prenez un air terrible!* »

Même les empereurs, quand il y en avait, avaient peur d'être humiliés. Parlant des Barbares, des

1. Traduction Raphaël Petrucci, Éd. Laurens, Paris, 1918.

Coréens, ils disaient à leur messager : « Faites en sorte qu'ils *ne rient* pas de nous. » Être la risée! Les Chinois savent se froisser comme personne et leur littérature contient, comme il fallait s'y attendre de la part d'hommes polis et aisément blessés, les plus cruelles et infernales insolences.

*

Est-ce la Chine qui m'a changé? J'ai toujours eu un faible pour le tigre. Quand j'en voyais un, quelque chose remuait en moi, et tout de suite je faisais un avec lui.

Mais j'ai été hier au *Great World*. Je vis le tigre qui est près de l'entrée (un beau tigre), et je m'aperçus qu'il m'était étranger. Je m'aperçus que le tigre a une tête d'idiot passionné et monomane. Mais les chemins que suit chaque être sont si peu connus, qu'il se pourrait tout de même que le tigre arrive à la Sagesse. On lui voit, en effet, un air parfaitement à l'aise.

*

Aujourd'hui, pour la millième fois peut-être, j'ai regardé jouer des enfants (de Blancs). Le premier plaisir qu'en général les enfants ont de l'exercice de l'intelligence est loin d'être le jugement ou la mémoire.

Non, c'est l'idéographie.

Ils mettent une planche sur la terre, et cette planche devient un bateau, ils conviennent qu'elle est un bateau, ils en mettent une autre plus petite, qui devient passerelle, ou pont.

Puis s'entendant là-dessus à plusieurs, une ligne irrégulière et fortuite d'ombre et de lumière devient pour eux le rivage, et, manœuvrant en conséquence, d'accord avec leurs signes embarquent, débarquent, prennent le large, sans qu'une personne non avertie puisse connaître de quoi il s'agit et qu'il y a là un bateau, ici le pont, que le pont est levé... et toutes les complications (et elles sont considérables) dans lesquelles ils entrent au fur et à mesure.

Mais le signe est là, évident pour ceux qui l'ont accepté, et qu'il soit le signe et non la chose, c'est ça qui les ravit.

Sa maniabilité séduit leur intelligence, car les choses mêmes sont beaucoup plus embarrassantes. Dans le cas présent, c'était tout à fait démonstratif. Ces enfants jouaient sur le pont d'un bateau.

Il est curieux que ce plaisir du signe ait été pendant des siècles le grand plaisir des Chinois et le noyau même de leur développement.

Je relis ce barbare-là avec gêne, avec stupéfaction par endroits. Un demi-siècle a passé et le portrait est méconnaissable.

De ces fâcheuses impressions d'un voyageur déçu, reste peut-être par-ci par-là une notation « historique » pour des lecteurs qui voudront retrouver quelque chose d'une de ces singulières périodes d'avant-guerre, que dans la suite on n'arrive plus à ressentir, à imaginer même, tant « l'air du temps », un air particulièrement chargé, leur a conféré de signification pesante, englobante et déviante.

Ce Japon d'aspect étriqué méfiant et sur les dents est dépassé.

Il est clair à présent qu'à l'autre bout de la planète, l'Europe a trouvé un voisin.

Ses multiples recherches, l'actualité de ses œuvres, sa curiosité sans borne en tant de domaines de science et d'art - et les plus nouveaux —, où on s'entre-regarde, émules ou admirateurs, suscitent une étrange connivence qui augmente

H. M.
Mai 1984

« C'est parce que nous sommes au Paradis que tout dans ce monde nous fait mal. Hors du Paradis, rien ne gêne, car rien ne compte. »

Je souhaiterais me trouver excusé par cette parole charmante de *Komachi*, la poétesse japonaise, d'avoir eu de mauvaises impressions du Japon.

Il a manqué[1] aux Japonais un grand fleuve. « La sagesse accompagne les fleuves », dit un proverbe chinois. Sagesse et paix. En fait de grande paix, ils n'ont qu'un volcan, majestueuse montagne incontestablement, mais enfin, un volcan, et qui les inonde régulièrement de boue, de lave et de malheurs.

Pas seulement le grand fleuve manque, mais les grands arbres, les grands espaces.

Le Japon a un climat humide et traître. L'endroit du monde où il y a le plus de tuberculeux.

Les arbres sont souffreteux, malingres, maigres, s'élevant faiblement, grossissant difficilement, luttant contre l'adversité, et torturés dès que pos-

1. n. n. En 1931, ce n'était que combats et, dans les rues, défilés, menaces, commandements. Tout respirait l'irrespirable guerre. Cet état, que peut-être même de jeunes Japonais ont peine à se représenter, me paraissait le Japon éternel, intraitable, à quoi il fallait, à quoi je devais tout rapporter.

sible par l'homme, en vue de paraître encore plus nains et misérables.

Les bambous japonais : de tristes épuisés, gris et sans chlorophylle, dont *Ceylan* ne voudrait pas pour roseaux.

Ce qui n'est pas malingre ne trouve pas d'amis. Le cèdre doit se cacher derrière le souffreteux cerisier, le souffreteux cerisier derrière le prunier en pot, le prunier en pot derrière le pin en dé à coudre.

Les hommes sont sans rayonnement, douloureux, ravagés et secs, serviteurs de X, de Z ou de la papatrie...

Les femmes, l'air de servantes (toujours servir), les jeunes, de jolies soubrettes.

Trapues, courtes, costaudes.

D'une gentillesse sans émotion.

De caractère semblable au corps : une grande nappe indifférente et insensible, et puis un petit rien chatouilleux et sentimental.

Un rire fou et superficiel, où l'œil disparaît comme cousu, un habillement de bossue, une coiffure tarabiscotée (la coiffure de geisha), pleine de calculs, de travail, de symbolisme, et d'un ensemble benêt.

Une cuirasse comprimant et aplatissant la poitrine, un coussin dans le dos, fardée et poudrée, elle constitue la création malheureuse et typique de ce peuple d'esthètes et de sergents qui n'a rien pu laisser dans son élan naturel.

Des maisons grises, aux pièces vides et glacées, tracées et mesurées selon un ordre dur et intransigeant.

Des rues de ville d'eaux aux guirlandes de petites fleurs ou de petites lampes coloriées. Un air vain et transitoire. Ce côté blanc et plage de l'existence.

Des villes égales, et sans expression, terriblement klaxonnantes.

Pays qui, quoique plein et archiplein, on dirait qu'il n'y a rien dessus, où ni hommes, ni plantes, ni maisons ne semblent avoir de fondement ni d'ampleur.

Une mentalité d'insulaires, fermée et orgueilleuse.

Une langue qui à l'entendre paraît maigre et insignifiante, à fleur de peau.

Une religion d'insectes, le culte de la fourmilière.

Pays où tout est ouvert, où aucune porte ne se peut fermer, où l'on trouve un espion même dans son bain, tout nu, mais espion quand même (partout on vous tient compagnie).

Peuple prisonnier de son île, de son masque, de ses conventions, de sa police, de sa discipline, de ses paquetages et de son cordon de sécurité.

Mais, d'autre part, le plus actif, le moins bavard, le plus efficient du monde, le plus maître de soi. Ayant reconstruit Tokyo en dix ans; colonisé et reboisé la *Corée*, industrialisé la *Mandchourie*. Conquis, modernisé, battu les records... et enfin ce que tout le monde sait...

Peuple, enfin, dénué de sagesse, de simplicité et de profondeur, archisérieux, quoique aimant les jouets et les nouveautés, s'amusant difficilement, ambitieux, superficiel et visiblement destiné à notre mal et à notre civilisation.

*

Aucun acteur au monde n'est aussi braillard que le Japonais avec un résultat aussi maigre. Il ne dit pas sa langue, il la miaule, l'éructe, et brame, barrit, brait, hennit, gesticule comme un possédé et malgré ça, je ne le crois pas.

Il fait ça « à côté », « décorativement ». Ses contorsions effroyables pour exprimer sa douleur sont l'expression du mal de chien qu'il se donne pour représenter la douleur, douleur mimée par un homme qui ne sait plus ce que c'est, esthète devant un public esthète qui n'en sait pas davantage.

Il pleure, il gémit; une grande carcasse de gémissements sur laquelle il n'y a rien à prendre.

Comme le sourire japonais qui ne montre que des dents, l'amabilité ne passe pas.

Avec des voix de vieux scrogneugneux, essayant de rendre importantes leur pacotille, leurs histoires de vendettas, avec des gémissements prolongés, des syllabes filées de chattes en chaleur la nuit dans la solitude et l'exaspération nerveuse, les acteurs japonais sont les êtres les plus grinçants de toute l'Asie (chanteuses coréennes y compris).

Théâtre de rogne, avec Voix du Peuple, Voix de Rappels à l'Ordre et de Remontrances, mais sans grandeur.

Voix forte et qui sent à mille lieues les préjugés, la vie prise par le mauvais bout, un fond de vieilles impostures et obligations, et une série de notions de second ordre, mais avec une grande majuscule, au milieu desquelles voix de l'*Impératif catégorique* (qui est le grand maître du Japon) circulent les pauvres personnages, victimes, et êtres subalternes, mais avec, comme il se doit, de grands airs de matamores, un courage particulièrement décoratif, et un tel manque de variantes qu'on comprend que dans les *Nô* on leur mette un masque et qu'à *Osaka*, ce sont de simples marionnettes en bois grandeur nature qui jouent.

Ne pas croire qu'il s'agisse ici d'une convention de grand théâtre. Allez dans les plus petits, les tout petits. Écoutez des chanteurs de Yosuri, assistez à une simple récitation, le même enfer y habite. D'abord un décor bien froid, bien net, et toujours remarquable. Puis deux femmes assises face au public, l'une à droite, l'autre à gauche. Deux. La récitante ou gueulante, l'autre l'accompagnatrice ou gloussante.

La récitante fait l'hystérique assise, elle hurle, crie, mais reste assise. Longues périodes de tapage nerveux et extérieur qui ne touchent jamais, mais correspondent plus ou moins parfois à une ligne décorative du sentiment. L'autre accompagne d'un instrument à trois cordes, et avec une sorte de coupe-papier tape vivement sur les cordes et obtient ainsi des sons sciés. Le coup de scie vient à peu près toutes les vingt secondes. Un son désespéré. L'instrument rend l'âme tout simplement, et vingt secondes après recommence. Et ainsi des vingt-cinq à trente minutes. Et tout en accompagnant, elle glousse. Elle fait « *gueing* » *(guieng*, ou *rien*, ou *nieng)* puis silence, puis elle fait « *hom* », un *o* si court, étroit, sursautant et ridicule où il y a du reniflement, de la mauvaise volonté, de la négation, du cafard et surtout une effroyable dureté et discipline

Un jour, je vis un acteur représenter l'ivresse. Il me fallut du temps avant de comprendre. Il avait composé son morceau en prenant à un ivrogne ceci, à l'autre cela, à un tel la défaillance de la parole, à l'autre celle du geste, ou de l'action, ou de la mémoire, et avec ces bouts avait composé un habit d'arlequin de l'ivresse qui ne correspondait à aucun ivrogne possible, qui n'avait aucun centre, aucune vérité et avait été réuni comme par un homme qui ne saurait pas ce que c'est que l'ivresse, et ne pourrait se la représenter intérieurement. Et pourtant cela semble invraisemblable au Japon qui est plein d'ivrognes.

Je dois dire que c'était stupéfiant.

Quant à la musique japonaise, même celle des

geishas, c'est une espèce d'eau aigre et gazeuse qui pique sans réconforter[1].

Faussement grave, et déchirante, d'un déchirement nerveux et d'un suraigu grand-guignolesque. Aucun volume, aucune assise. Elle s'amuse à tripoter et martyriser un nerf au fond de l'oreille.

Le sifflement du vent dans les roseaux, et une certaine anxiété donnent une pénible impression de lointain, plutôt que d'immense et d'infini.

Se rappeler que le klaxon est utilisé au Japon de façon intensive et inutile. Cet instrument aux notes aiguës les met dans le ravissement, fait de Tokyo une ville plus bruyante et enrageante que Rome ou New York.

La musique moderne : mélodies prises à gauche ou à droite, gypsies, etc., d'autres proprement japonaises. Voix fraîche et mélodieuse de jeune fille, genre un peu trop colombe.

Japon.

Tandis que beaucoup de pays qu'on a aimés tendent à s'effacer à mesure qu'on s'en éloigne, le Japon que j'ai rejeté prend maintenant plus

---

1. n. n. Sauf l'admirable musique de Cour du xviiᵉ siècle, magnifique, vraiment impériale, et bien d'autres... mais que je n'entendis que des années plus tard. On n'avait pas alors les disques et toutes les facilités d'entendre d'à présent.

d'importance. Le souvenir d'un admirable « Nô » s'est glissé et s'étend en moi.

C'est leur faute aussi avec leur maudite police. Mais voilà, la police ne gêne pas le Japonais, il l'aime. Il veut l'ordre avant tout. Il ne veut pas nécessairement la Mandchourie, mais il veut de l'ordre et de la discipline en Mandchourie. Il ne veut pas nécessairement la guerre avec la Russie et les États-Unis (ce n'est qu'une conséquence), il veut *éclaircir* l'horizon politique.

« Donnez-nous la Mandchourie, battons la Russie et les États-Unis, *et puis* nous serons tranquilles. » Cette déclaration d'un Japonais m'avait tellement frappé, ce désir de *nettoyer*.

Le Japon a la manie de nettoyer.

Or, un lavage, comme une guerre, a quelque chose de puéril, parce qu'il faut recommencer après quelque temps.

Mais le Japonais aime l'eau, et le « Samouraï », l'honneur, et la vengeance. Le « Samouraï » lave dans le sang. Le Japonais lave même le ciel. Dans quel tableau japonais avez-vous vu un ciel sale? Et pourtant!

Il ratisse aussi les vagues.

Un éther pur et glacé règne entre les objets qu'il dessine; son extraordinaire pureté est arrivée à faire croire merveilleusement clair leur pays où il pleut énormément.

Plus claires seraient encore si c'est possible leur musique, leurs voix de jeunes filles, pointues et déchirantes, sorte d'aiguilles à tricoter dans l'espace musical.

Comme c'est loin de nos orchestres à *vagues de fond*, où dernièrement est apparu ce noceur sentimental appelé saxophone.

Ce qui me glaçait tellement au théâtre japonais, c'était encore ce vide, qu'on aime pour finir et qui fait mal d'abord, qui est autoritaire, et les personnages immobiles, situés aux deux extrémités de la scène, gueulant et se déchargeant alternativement, avec une tension proprement effroyable, sorte de *bouteilles de Leyde* vivantes.

*

Je ne suis pas de ceux qui critiquent les Japonais d'avoir reconstruit Tokyo de façon ultra-moderne, d'y avoir mis plein de cafés, genre Exposition des Arts décoratifs (Tokyo est cent fois plus moderne que Paris). D'avoir adopté la nette et pure géométrie, dans l'ameublement et la décoration.

On pourrait critiquer le Français d'être moderne, non pas le Japonais. Le Japonais est moderne depuis dix siècles. Vous ne trouvez nulle part, au Japon, trace si minime soit-elle de ces prétentions stupides dans le genre de ce qu'on a appelé style Louis XV, Directoire, Empire, etc.

Pour trouver quelque chose de beau en France, pour voir une chaise à peu près convenable (pour autant qu'une chaise soit quelque chose de convenable), comme aussi une peinture, un tableau honnête et clair, il faut arriver au xvie siècle et au xve. Quand vous regardez un tableau de Clouet (et ailleurs, de Memling, Ghirlandajo, etc.), il y a quelque chose de juste, d'assuré, de paisible là-dedans, d'attentif. Après vient le siècle pompeux, puis le siècle du marlou de boudoir, puis « le stupide xixe siècle », « le siècle de la maladie de cœur ». Depuis le xvie siècle, l'Européen se perd et il faut qu'il se perde, c'est évident, pour qu'il se trouve.

Au Japon, rien de pareil, tout fut toujours net, sans surcharge. On ne peint même pas les maisons, ni les chambres, on ne tapisse pas, on ne connaît pas ce genre de prétention.

Le même matériau pour tous, riches ou pauvres, et qui n'est jamais laid : le bois.

Évidemment, la géométrie moderne est froide. Celle du Japon le fut toujours. Mais, ils l'ont toujours aimée... D'ailleurs, le Japon qui « imite » n'imite pas n'importe quoi. Il n'a pas imité le style 1900 à la molle complaisance de bourgeois satisfait. Cette idée n'est venue à aucun Japonais. Mais le style ultra-moderne est fait pour lui, ou plutôt était le sien avec d'autres matériaux. Dans les villages, si l'on construit un nouveau café, il sera ultra-moderne. Il n'y a pas d'intermédiaire.

*

L'Européen, après bien des efforts, est arrivé à se faire petit devant Dieu.

Le Japonais ne se fait pas seulement petit devant Dieu, ou devant les hommes, mais encore devant la plus petite des vagues, devant la feuille recroquevillée du roseau, devant un lointain de bambous qu'il voit à peine. La modestie sans doute recueille sa récompense. Car à aucun autre peuple les feuilles et les fleurs n'apparaissent avec tant de beauté et de fraternité.

A Séoul (Corée).

La civilisation occidentale a, c'est entendu, tous les défauts. Mais elle a un magnétisme qui emporte toutes les autres. Il y a dans le monde une poussée générale vers une joie sans profondeur, vers l'agitation. L'ancienne musique japonaise ressemble aux gémissements du vent, la nouvelle est bien entraînante déjà; l'ancienne musique chinoise est une pure merveille, douce au cœur et lente, la nouvelle roule comme les autres; l'ancienne musique coréenne est tragique et terrible, et pourtant elle était chantée par des filles de joie, mais maintenant « allons donc, dansons gaiement » (leur musique actuelle est un damné galop et montre d'une autre façon ce singulier emportement qui caractérise, entre toutes les races jaunes, le Coréen);

l'homme n'est plus la proie du monde, mais le
monde sa proie, l'homme sort d'un long enlise-
ment. Il avait donc bien le « cafard » autrefois.
Le refoulement lui était donc bien dur! Même
à lui, l'Asiatique.

Japon.

Cela se passait en gare d'*Okayama* (aux gares,
sur les quais d'arrivée, il y a toujours quantité de
messieurs, pour faire des saluts en groupe aux
personnages importants du train).

Il y a d'abord cinq ou six saluts précipités de
part et d'autre, puis ça se calme et on commence
à pouvoir jeter un coup d'œil entre chaque cour-
bette. Dans la suite, on se risque à parler poliment,
quoique naturellement avec un nouveau salut dans
les premiers mots pour aplanir tout doute concernant les bons sentiments nourris de part et d'autre.

A *Okayama*, une dame devait prendre le train.
Elle se trouvait sur le quai. En grand deuil.
Toilette extrêmement distinguée (en noir, avec
quelques rares points blancs, qu'on aurait d'abord
cru tombés au hasard comme des gouttes de pluie).

Elle se tint, pendant les huit minutes d'arrêt
du train, le dos au compartiment, pendant que
ses suivantes préparaient les places pour elle,

pour son fils et son frère (à moins que ce dernier ne fût son majordome) et qu'on montait des paniers de fleurs, couverts de soie blanche, avec un seul point noir à l'endroit du nœud.

Treize personnes, en demi-cercle sur le quai, l'entouraient, immobiles, sans aucun sentiment bien défini, hors la déférence. Deux ou trois paraissaient tout de même « touchées »...

Elle, pendant tout ce temps, très blanche, battait des paupières.

Les yeux un peu rouges, deux fois elle les tamponna légèrement d'un petit mouchoir jusqu'alors dissimulé.

Elle ne regardait ni personne en particulier ni non plus dans le lointain. Elle n'était pas nettement triste, mais témoignait avoir le sentiment d'une cérémonie importante, et de se trouver dans une situation qui avait ou qui devait avoir du « chic ».

Enfin elle se courba à plusieurs reprises, sourit un peu, le train siffla une première fois, elle dit trois mots à sa sœur (?) qui s'approcha, lui sourit nettement, salua encore le demi-cercle, le demi-cercle salua, courbé en équerre, elle monta, le train siffla encore et partit.

A ce moment, je ne sais qui dans la foule se souvint de quelque chose, voulut en aviser le majordome, courut le long du train, tout en saluant, et se courbant, et se courbant, et tant se courba tout en courant qu'un pilier de la gare, qu'il ne put distinguer à temps faute de s'être redressé, l'arrêta net dans sa course et dut lui faire un mal considérable.

*

Après avoir parlé de la mentalité de certains peuples, on se demande vraiment si ça en valait la peine, si on n'aurait pas mieux occupé son temps d'une autre façon.

Prenons l'exemple d'une nation, dite grande : l'Angleterre.

Qu'est-ce que l'Anglais? Un être pas tellement extraordinaire. Mais ils sont cinquante-cinq millions. Voilà le fait important. Supposez trente Anglais en tout et pour tout, de par le monde. Qui les remarquerait? Il en est ainsi de tous les peuples. Car ils constituent des « moyennes ».

Une nation contenant cinq cent mille Edgar Poe serait évidemment un peu plus impressionnante.

Qui mesurera le poids des médiocres dans l'établissement d'une civilisation?

*

Seule l'âme jaune n'entraîne pas de boue. Il n'y a jamais de boue en elle. On ne sait ce qu'elle en fait. Il n'y en a pas. On m'a donné, à *Singapour*, des cartes chinoises obscènes. Le Chinois a écrit des choses obscènes, et entre autres des pièces de théâtre. Mais que voulez-vous que je dise? La moitié des toiles du *Luxembourg* me paraissent à moi sales, tandis que leurs cartes obscènes me paraissaient étonnamment fines et incapables de ravages intérieurs. Ils n'ont aucun trouble. Ce n'est pas pour rien que le Japonais aussi se retrouve dans les fleurs, leur rend un culte et les aime fraternellement comme d'autres aiment les chiens, et que le Chinois se plaît parmi les feuilles de saule et de bambou.

Quand du *Bengale* je passai à *Darjeeling*, à la frontière du *Népal*, j'arrivai à une halte et une jeune fille népalaise vint me sourire. Je crois qu'elle voulait savoir si j'achèterais du chocolat qu'elle était disposée à aller chercher pour moi dans une boutique. Mais elle ne connaissait d'autre mot anglais que le mot *chocolate*. (Dans un Népalais, il y a de l'Indien et du Mongol. Elle, était entièrement Mongole.) Ce sourire, pas gauche du tout, si clair, me donna une telle impression, je la regardais dans un tel ravissement qu'elle-même en fut émue. Enfin, elle se dégagea comme prise par le vent, courut prendre les chocolats, et les mit dans ma main. Mais l'auto que je partageais avec d'autres voyageurs devait repartir, on n'avait de mots ensemble dans aucune langue...

O premier sourire de la race jaune.

Tout est dur en moi et aride, mais son sourire si frais me paraissait cependant le miroir de moi-même.

Quand je revins, je cherchai, je regardai, je

m'arrêtai. Personne; enfin au moment où le train sifflait et partait, quelqu'un courut vivement, d'un pas léger, et à ma vitre, essoufflé, vint sourire, sourire une dernière fois, sourire tristement. Alors elle aussi se souvenait? Pourquoi ne suis-je pas revenu là? N'était-elle pas là, ma destinée?

*

L'habillement d'un peuple en dit beaucoup plus long sur lui que sa poésie, qui peut venir d'ailleurs et trompe tout le monde, comme celle du Japon.

L'habillement est une conception de soi qu'on porte sur soi.

Qui songerait à porter quelque chose qui lui est contraire et qui le contredit constamment?

Quand un peuple s'habille, il se trompe quelquefois sur ce qui lui convient, mais rarement et peu de temps. La couleur de la peau ni la forme du corps ne dictent seules le vêtement, mais le sentiment, les conceptions générales.

La Japonaise est difficile à habiller, mais rien ne l'obligeait à se comprimer, comme elle le fait, les seins qu'elle a beaux et bien formés, et de se mettre un coussin dans le dos : *Rien que l'amour de la discipline*. L'habillement japonais est extrêmement décoratif, mais esthétique.

Les *Balinaises* vont très bien la poitrine nue.

Ne croyez pas que ce soit un hasard, ses jambes sont soigneusement couvertes jusqu'aux pieds de très jolies étoffes qu'elles teignent elles-mêmes, et elles pourraient fort bien s'habiller. D'ailleurs le nu *se porte très difficilement*, c'est une technique de l'âme. Il ne suffit pas d'enlever ses habits. Il faut s'enlever sa canaillerie... et son embarras. (J'ai vu, aux environs de Vienne, des nudistes. Ils se croyaient des « gens nus ». Mais je n'ai vu que des chairs lourdes.)

La poésie d'un peuple, à mainte époque une fabrication d'esthètes, trompe plus que l'habillement.

Le théâtre ne ment pas tellement (du moins de la façon dont il est joué), car le public n'irait pas régulièrement à des spectacles qui l'ennuient.

J'ai vu le théâtre *chinois, coréen, malais, tamoul, bengali, hindoustani, turc, grec moderne, annamite, hongrois, espagnol, serbe,* etc., le cinéma *chinois, japonais* [1], *bengali, hindou...,* et les danses *javanaises, balinaises, hindoues, somalies, indiennes du Pérou, de l'Équateur.*

Le sujet importe peu. Beaucoup sont semblables. De même, l'histoire des peuples. C'est la façon, le style et non les faits qui comptent. Un peuple,

---

1. Mais il a fallu l'après-guerre pour que naissent ses chefs-d'œuvre.

Aucun peuple, dans les films, ne s'est autant réalisé, révélé.

Peuple d'action, de geste, de théâtralisation, le cinéma particulièrement l'attendait, à lui prédestiné.

Dans cet art nouveau pour tous, il avait à mettre quelque chose de tout à fait à part. Il allait montrer à des sociétés qui croyaient le savoir ce que c'est vraiment que du maintien.

On ne peut assister à leurs spectacles sans se redresser. Le zazen, pas loin; à un autre niveau.

dont on ne sait rien ou qui a tout volé aux autres, idées, religion, institutions, a en propre ses *gestes*, son *accent*, sa *physionomie*... ses *réflexes* qui le trahissent.

Et chaque homme a sa figure qui le juge et, en même temps juge sa race, sa famille et sa religion, son époque.

Y aura-t-il encore une guerre? Regardez-vous, Européens, regardez-vous.

Rien n'est paisible dans votre expression.

Tout y est lutte, désir, avidité.

Même la paix, vous la voulez violemment.

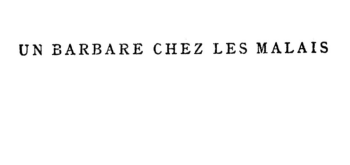

UN BARBARE CHEZ LES MALAIS

Malais, Javanais, Balinais, Malais de Bornéo, de Sumatra, de *Florès*, mêlés et mariés à cent races insulaires, aux *Bataks*, aux *Dayaks*, et aux *Chinois*, aux *Arabes*, et même aux *Papous*, convertis successivement aux religions des Indes (hindouisme et bouddhisme), et puis au mahométisme, ont tout ce qu'il faut pour que celui qui en parle en général se trompe. C'est ennuyeux.

Le Barbare en Malaisie.

Le Malais a quelque chose de sain, de noble, de propre, d'humain.

Le Chinois, l'Hindou, toutes ces races originales font mal à côté de lui. D'ailleurs l'originalité est souvent un défaut, la preuve extérieure des défauts.

Il est précis, net, rappelant parfois le Basque.

Malheureusement, je connaîtrai à peine les Malais. Il n'y a pas une chose que je n'aime en eux Pas une forme. Pas une couleur. Leurs maisons, leurs trains, leurs bateaux, leurs hôtels et leurs habits, tout me plaît. Ils ont un goût que j'ai pour les formes obliques.

Les maisons, aux toits incurvés, font songer à des vagues. Leurs bateaux ont l'air de se promener dans les cieux. Tout se trouve sous le signe de la virgule.

Le *kriss* malais, la seule arme vraiment belle, nonchalante comme son maître, mais ferme aussi, bien en main et qui appelle des désastres, faite pour pagayer dans les corps d'une foule.

Le Malais déteste l'éclat. Quand il se met en colère, c'est vraiment qu'il n'en peut plus, qu'il est excédé. Alors sa colère fait massacre et se termine par sa propre mort.

Le Malais, le seul peuple qui fasse des constructions qui me plaisent. J'aurais dégoût à posséder une maison. Exceptionnellement, à Johore, je m'enquiers du prix d'achat d'une maison (ou cabane) : deux cents francs. Ensemble modeste, sympathique, sur pilotis, en bois léger.

Le *batik*, le seul tissu qui ne fasse pas mal à l'œil, qui n'arrache pas l'attention.

En Malaisie, il n'y a pas de maisons laides pour gens du peuple.

Si vous en voyez une, un Européen ou un Chinois y habite.

Le Malais, si je ne m'abuse, est accueillant, plein d'humour, moqueur.

Dans leurs pièces où abondent les ensembles de mouvements décoratifs et stylisés, il y a souvent un ou deux temps pour rien, où ils s'occupent à une mimique sans paroles, d'une extrême sobriété comme si ce n'était pas pour le public, et qui est fort comique.

Le Malais aime la correction.

Le *batik* est très correct. Leur coiffure, encore davantage.

La Balinaise est habillée de peu de chose, mais ce peu de chose, de couleur foncée (brun violet), a un dessin comme il faut.

Ni sobre, ni pur, ni éloquent, mais convenable.

Ils ont tous du maintien. Malais, Javanais, Balinais; le maintien n'a rien d'excessivement digne, fier ou transcendantal, non. C'est du maintien.

Une danse javanaise ne paraît jamais ridicule, exagérée ou naïve, comme elles sont si facilement, car ce qui, en général, ressemble le plus à la danse c'est la grandiloquence.

Une étoffe javanaise peut s'offrir à n'importe qui, dans le monde entier, c'est toujours « de bon goût ».

Les Balinaises vont la poitrine nue, avec beaucoup de dignité. Si quelque chose leur a déplu, ce n'est ni le chagrin, ni la colère, ni la bouderie qui se montre, mais un air offensé, cet air que l'on connaît si bien, qui n'appartient qu'aux gens corrects, et si elle commet une faute, elle a tout de suite le sentiment non du mal mais d'une *inconvenance*, et je pourrais raconter à cet égard une anecdote personnelle dont le tableau principal, chaque fois que j'y pense, me fait bien rire.

Rien ne choque dans le Malais. Sa figure ne trahit aucun appétit exagéré, aucun vice, aucun défaut de caractère.

*

Le Javanais a quelque chose qui ne va pas en avant mais en arrière.

Le visage du Javanais semble avoir été travaillé comme les cailloux des torrents, poli par frottements continuels.

Sa figure a subi un recul.

Non seulement le front est bombé, mais une main éternelle semble posée et appuyée sur lui, et empêche la personnalité d'avancer.

Des fronts qui ne luttent pas, qui s'échappent et ne demandent qu'à s'en retourner.

La figure de la femme javanaise est merveilleusement reposante, musicale presque, figure creuse.

Tout ce qui est malais montre un goût singulier de la forme ergot, une hantise presque (et lié à la ferme proue élevée, mais une proue située en arrière).

L'ergot est une des seules armes naturelles dans le règne animal qui soient placées dans le sens de l'arrière.

La poignée du kriss a cette forme bien connue.

Les toits des maisons des *Minangkabau*, à Sumatra, ressemblent à des vagues fixées. La vague part, s'élance, la voilà au maximum, à sa crête. On arrête le toit au moment où il va déferler. Les toits emportés sont quelque chose de magnifique, ils ont jusqu'à vingt crêtes.

Le chapeau javanais a deux pointes obliques

L'acteur javanais est un des seuls au monde à porter l'ornement principal dans le dos.

Et cet ornement pointu, qu'il a aux épaules, sorte de proue (pas de poupe), singulier élan dans les épaules, fait un peu songer à l'animation par derrière si exagérée des hoche-queues.

Les acteurs *balinais* se tournent presque toujours le dos, même un prince faisant la cour à une princesse. Ils progressent parallèlement, sans jamais se retourner.

Les *Javanais* et les *Balinais* avancent à la file indienne le long de la route (même sur celles où il n'y a aucun trafic à craindre), se parlent sans bouger la tête, et qui les croise et les appelle ne la leur fait pas mouvoir. Apostrophés, ils s'arrangent pour n'avoir jamais à se retourner, tant ce manque de maintien leur serait odieux.

Ils s'assoient face à leur maison, le dos à la route, comme s'ils avaient un œil dans les épaules. En tout cas, ils ont dans les épaules une présence que nous n'avons pas.

Leur musique emploie la gamme pentatonique, la gamme plate, la gamme qui n'accroche pas.

Mais de tous les peuples qui en usent, le *gamelan balinais et javanais* est la moins accrocheuse. Le gamelan n'utilise que des instruments à percussion. Des gongs, des tambours sourds (le kendang), des pots de métal (le trompong), des plaques de métal (le gender), des métallophones.

Jamais ces instruments ne racontent, ne saisissent. Mais plutôt qu'instruments à percussion, on devrait les appeler à son émergent; le son émerge, un son rond qui vient voir, flotte, puis disparaît. On bloque la résonance avec les doigts. Tâtonnement sérieux et attentif dans la grande carcasse du son.

Même les danseurs qui racontent l'amour d'un prince et d'une princesse ne racontent rien du tout. Pareil est le prince. Pareille, la princesse. Et ils se repoussent plutôt qu'ils ne se rapprochent.

La danse *balinaise* est la danse à la main plate, la danse aux paumes ouvertes. Elle ne donne ni ne refuse, tâte les invisibles murs de l'atmosphère. Elle fait face. Elle est étalée et aveugle

Les prunelles cherchent le coin de l'œil. Vont à

l'extrême bout, se déplacent latéralement. Le cou
se déboîte latéralement, rien n'avance, tout aspire
à l'horizontal, en façade, dans un espace absolu
et mural. Les personnages, la plupart du temps
retenus à terre, par les genoux, torturés sur
place (avec des gradations, des impatiences sur
place, des frémissements comme un lac, un hypnotisme, un délire non forcené, une sorte de pétrification, de stratification de l'arrière-être). Une
musique qui tapisse, qui tapisse en sombre et
dans laquelle on trouve son repos, son appui.

Et qui fait entendre cette musique? Des hommes?
Non, à Bali, tout ce qui remue, résonne, joue, vit,
terrorise, vibre, ce sont des démons [1].

BALI

Les Hollandais sont parfaitement ravis de posséder une île où les femmes vont la poitrine nue [2].

[1]. Le plus beau mouvement théâtral que je vis fut à un
théâtre malais de Singapour. Des pêcheurs armés de couteaux
et de fascines de roseaux luttaient contre des sortes de poissons
scies. La lutte était formidable. Cependant si incroyablement
scandée, que les infiniment divers mouvements paraissaient
tissés dans quelque mécanique et appartenir à un autre monde.

[2]. Les *Balinaises* vont la poitrine nue. Déjà les *Javanaises*
serrent leur poitrine étonnamment bas, laissant à découvert
le plus possible, s'arrêtant seulement au bout des seins, dévoi-
lant entièrement cette séparation de la poitrine en deux hémi-
sphères, ce creux qui trouble tant les jeunes garçons.

Et dans la campagne de Java, une femme la poitrine tout
à fait nue n'est pas un spectacle inouï.

Aussi ont-ils, une fois pour toutes, interdit l'entrée
de l'île aux missionnaires qui auraient tôt fait de
dissimuler les poitrines et en même temps l'intérêt touristique de l'île. S'il en vient un, c'est secrè-
tement, dans le plus strict incognito et avec de
faux passeports, comme un communiste russe.

*

Avons-nous donc tellement besoin de démons?
Quand on arrive à Bali, dès *Kœbœtambakan*, on
est saisi. Il y a des démons partout, à l'entrée des
temples, des maisons.

Des hommes, des animaux, des plantes, non
décidément, cela ne fait pas un monde. Il faut des
démons. Sculpter un démon, c'est ajouter quelque
chose à la population de l'île. Mais sculpter des
femmes, des hommes, à quoi bon? Comme si on
ne les connaissait pas, comme si on n'en avait
jamais vus...

En outre, leurs démons de Bali ne sont pas
pesants comme ceux du Sud de l'Inde. Bien ran-
gés, ils tiennent une massue à la main, avec un
air beaucoup plus bluffeur que terrible; ne font
aucunement peur, et participent, malgré leurs
grimaces, à une certaine félicité comme il peut
y en avoir dans une bonne île des tropiques. Le
peuple balinais vit avec les démons. Il ne pourrait s'en passer; c'est leur présence qui rend une

crémation si animée. Mais j'ignore le symbolisme
de la cérémonie.

Les uns (représentés par des Balinais) attrapent
le cercueil, le linceul entouré de quelques bambous;
ils sont bien une quarantaine, et la lutte commence.
L'objectif des uns est une plate-forme où le mort,
quand il y sera, jouira d'une tranquillité d'à peu
près une demi-heure. L'objectif des autres est
de l'écarter. Mais maintenant la lutte bat son
plein, mêlée où le cercueil se perd en même temps
que les têtes des lutteurs s'enfoncent, plongeant comme au base-ball, mêlée d'où surgit de
temps à autre une tête de noyé, une tête prise
d'une fatigue pathétique et un peu décorative,
voisine de l'évanouissement, d'où s'élèvent aussi
tout à coup des figures fières! « Ah! non, vous ne
l'aurez pas. Mais non. Venez-y donc pour voir... »
Et de brefs défis suivent un certain manque de
rage effective. Sur ce, on approche de l'escalier
conduisant à la plate-forme. Ah! mais pas de ça!
Il n'est pas temps encore!

Et le prêtre leur jette de l'eau sur les épaules.

Aussitôt les démons se raniment. On va voir
ce qu'on va voir. En effet, la bagarre s'éloigne de
la plate-forme.

Après un quart d'heure de nouvelles luttes et
de nouveaux seaux d'eau, le groupe s'accroche au
bas de l'escalier. Nouveau pour et contre. Le personnel de l'escalier et de la plate-forme se montre
décidé à repousser toute attaque. Rien n'est gagné,

semble-t-il, quand tout d'un coup, en un instant, le cercueil passe comme un cigare. Il est là, sur la plate-forme. Mais seul.

Les démons ont été repoussés. Un s'est évanoui. Une demi-douzaine sont étendus, le dos dans l'herbe, incapables désormais d'aider un mort à aller dans un sens quelconque. Cependant après une demi-heure de repos, le mort dans un nouvel équipage doit être livré aux assauts des démons, et transporté au lieu de la crémation.

Au moment pourtant capital de l'incinération, les neuf dixièmes des gens sont partis.

*

Les femmes balinaises ont plus de sein que d'expression. Après un certain temps de Bali, on finit par regarder les hommes.

L'Européen qui voit des seins nus pense, malgré lui, qu'il va se passer quelque chose. Mais il ne se passe rien. Alors, il s'habitue.

Je suis persuadé que je m'habituerais très vite à voir ces femmes complètement nues.

Un sein n'exprime pas grand-chose. C'est à la figure qu'on a recours pour savoir à quel caractère on a affaire. Les femmes, d'ailleurs, entre elles se regardent dans les yeux, mais ne se regardent pas le corps.

La poitrine des Balinaises est belle, bien, c'est

tout. Et très en harmonie avec leur figure agréable, mais peu expressive.

Je me souviens d'avoir été frappé et désillusionné quantité de fois en France par le fait que les seins d'une femme, quand il m'arrivait de les voir dévoilés, n'étaient que beaux, alors que la figure était si travaillée par l'intelligence, par une âme bizarre et recherchée qui m'avait induit à croire en quelque sorte que les seins seraient recherchés, eux aussi, et originaux. Mais un sein n'est pas un visage.

Une des choses qui frappent à Bali, ce sont les femmes qui ne sont plus femmes. Ça leur a passé. Parmi elles certaines dont le sein ne fut pas trop distendu, en se séchant se reporte presque exactement sur la poitrine qui est devenue comme celle d'un homme.

Le visage, depuis longtemps, est revenu au type homme et a perdu toute trace de féminité. Les os malais apparaissent. La femme n'est pas fragile, mais elle est transitoire. Il arrive qu'elle garde à peine quelques traces du caractère féminin, comme des souvenirs de voyages. La femme fait l'homme. Elle en fait quelques-uns, puis elle se défait.

*

« *They are friendly* », ce que les Américains aiment beaucoup chez les Balinais. Chose si appréciable et qu'on rencontre aussi chez l'Américain.

Les Balinais aiment les fêtes; pas de jour où il n'y en ait une. Avec théâtre et danse. Et là où il y en a, tout le monde entre, tout le monde est invité, parents, amis, inconnus, étrangers.

Un soir, je m'y pris tard dans la soirée, je fis organiser une représentation de *Wayang Kœlit* chez un Balinais. Quand j'arrivai nous étions absolument seuls, l'orchestre, mes trois invités et moi.

Deux heures plus tard, nous étions perdus dans une foule de six cents personnes. L'odeur des corps malais nous entourait comme une fumée, des marchands de gâteaux s'étaient installés à la porte. Des rires venaient de tout côté, quand il convenait, on sortit difficilement, et à ce moment (nous sortîmes avant la fin), il venait encore quantité de gens.

*

Le théâtre d'ombres javanais, le *Wayang Kœlit*, est bien le même que le *Wayang Kœlit* balinais, mais son style est tout différent.

Le Balinais est resté encore près des démons.

Sa musique est pleine d'impatience, de tremblement, de fièvre.

Il est satanique. Les marionnettes (en cuir découpé) se battent avec une violence inouïe, vite et avec exaltation. L'acteur gueule. La lumière oscille constamment, faisant trembler sur l'écran les personnages d'une étrange vie palpitante, trépidante et électrique.

Une fois plaquée contre l'écran la lumière passe à travers les dentelures, les dessine et les illumine à la fois avec la netteté de l'évidence ou de la dure réalité, ou plutôt d'une surréalité tranchée au couteau et retirée du ciel.

Puis, leurs actions terminées, elles s'éloignent, aussitôt floues et vibrantes (la main de l'acteur les secoue constamment), pour rentrer peu après soudaines et fulgurantes sur la toile, donnant une impression formidable de magique pétrification et de violence, comme le cinéma n'en peut donner.

Dans le *Wayang Kœlit* javanais, la lumière est immobile. Les personnages sont, la plupart du temps, fichés par la base dans un tronc de bambou parallèle à la scène. Ils remuent plutôt les bras que le corps, des bras mous et qui flottent. Même quand ils se battent, ils n'ont pas un acharnement terrifiant. Mais l'action étant accompagnée d'un bruit constant comme de coups de pistolet, la tension intérieure s'accomplit.

Leurs voix (les voix des récitants) sont douces, mélodieuses, basses et réfléchies et comme miséricordieuses. Les paroles polies, bien senties, ornées, voix rêveuses, presque absentes, voix d'église, un chant qui rappelle souvent les chants bengali, leurs chants méditatifs.

La langue javanaise est pleine de sens, du sens de la vie, grave, bonne et paresseuse.

Qui n'a pas été touché par le *Tabe Touan*, à *Bali*
(« Bonjour, Monsieur »), dit avec tant de douceur,
par la façon dont ils disent *orang*, pas à la française
bien entendu, en butant, *ou*, *an*, comme pour
effrayer les loups, mais un *a* léger et tout vivant,
et le *u*, qui l'entoure comme une mare et un *g*
doux et bon, qui ramasse et borde, et emporte le
tout, un tout bien vivant comme une anguille?
Wayang orang.

La langue chinoise, elle, est bonne, mais elle est
sourde et effacée.

*

Le théâtre malais actuel que j'ai pu voir à
Singapour (un d'eux s'intitulait le *Grand Opéra
de Bornéo*) n'est pas désagréable, mais il ne valait
pas grand-chose. Des danseuses aux horribles robes
courtes, oscillant d'une jambe sur l'autre sur place,
englúees dans on ne sait quel « chewing-gum »,
des airs lents, sentimentaux, boueux, caf-conc',
des thèmes de primaires; maîtres et serviteurs,
noble et prince, mère et fils, se sacrifier pour
autrui, le grand dramatique tableau, la supplica-
tion, les agenouillements, les grands airs d'opéra,
des coiffures guerrières ou plutôt nobles, sortes
d'*ureus* égyptiens de quarante centimètres; des
ensembles idiots, le goût des grandes cérémonies,
des fauteuils élevés, des prosternements, et aussi
de grosses farces en plein milieu, des coups de

pied au derrière des personnages secondaires, **des**
mauvaises plaisanteries, et quelque chose qui **sent**
partout la peste sentimentale.

*

Quelqu'un qui ne connaîtrait les poissons **que**
par l'Aquarium de *Batavia* en aurait une **idée**
singulière, toutefois dans l'ensemble assez juste. **Il**
saurait que ni la couleur, ni les formes, ni l'aspect
ne caractérisent un poisson. Une brosse à dents,
un fiacre, un lapin peut être un poisson, tout
dépend de son intérieur.

J'y ai vu un exemplaire jeune (vieux ils **sont**
fort différents) d'*Ostracium Cornutum* qui est **tout**
simplement une très petite tête de veau. **Cette**
tête navigue. Ce bloc a une toute petite moustache
qui vibre. Il faut bien regarder pour l'apercevoir.
C'est tout? Pas absolument. Cette tête a une queue,
pas un corps, mais une queue; coupez une allumette en deux, la moitié de l'allumette, mais sup-
posez-la un peu souple, bien, c'est ça.

*

Il y a eu partout tellement d'invasions de **races**
diverses, Huns, Tartares, Mongols, Normands, etc.,
et tant d'afflux de religions diverses, néolithique,
totémique, solaire, animiste, sumérienne, **assy-**
rienne, druidique, romaine, islamique, **bouddhi-**
que, nestorienne, chrétienne, etc., que **personne**

n'est pur, que chacun est un indicible, un indé-
brouillable mélange.

Ainsi, quand on se retire en soi, et qu'on arrive
à supprimer le multiple débat émanant des
strates de cette énorme infrastructure, on arrive
à une paix, à un plan tellement inouï qu'on
pourrait se demander si cela aussi ne serait pas
le « surnaturel ».

*

Qu'est-ce qu'une civilisation ? Une impasse.
Non, Confucius n'est pas grand.

Non, Tsi Hoang Ti n'est pas grand, ni Gautama
Bouddha. Mais depuis on n'a pas fait mieux.

Un peuple devrait être honteux d'avoir une
histoire.

Et l'Européen tout comme l'Asiatique, naturellement.

C'est dans l'avenir qu'ils doivent voir leur Histoire.

*

Et maintenant, dit Bouddha à ses disciples, au moment de mourir :

« *A l'avenir, soyez votre propre lumière, votre propre refuge.*

« *Ne cherchez pas d'autre refuge.*

« *N'allez en quête de refuge qu'auprès de vous-même.* »

. . . .

« *Ne vous occupez pas des façons de penser des autres.*

« *Tenez-vous bien dans votre île à vous.*

« Collés a la Contemplation. »

Préface.   9
Préface nouvelle.   11

Un barbare en Inde.   17
Himalayan railway.   105
L'Inde méridionale.   115
Un barbare à Ceylan.   129
Histoire naturelle.   135
Un barbare en Chine.   143
Un barbare au Japon.   195
Un barbare chez les Malais.   215

ŒUVRES D'HENRI MICHAUX
1899-1984

Aux Éditions Gallimard

QUI JE FUS, 1927.

ECUADOR, 1929.

UN BARBARE EN ASIE, 1933.

LA NUIT REMUE, 1935.

VOYAGE EN GRANDE GARABAGNE, 1936.

PLUME *précédé de* LOINTAIN INTÉRIEUR, 1938.

AU PAYS DE LA MAGIE, 1941.

ARBRES DES TROPIQUES, 1942.

L'ESPACE DU DEDANS *(Pages choisies)*, 1944 (nouvelle édition 1966).

ÉPREUVES, EXORCISMES *(1940-1944)*, 1946.

AILLEURS *(Voyage en Grande Garabagne — Au pays de la Magie — Ici, Poddema)*, 1948.

LA VIE DANS LES PLIS, 1949.

PASSAGES *(1937-1950)*, 1950 (nouvelle édition 1963).

MOUVEMENTS, 1952.

FACE AUX VERROUS, 1954.

CONNAISSANCE PAR LES GOUFFRES, 1961.

LES GRANDES ÉPREUVES DE L'ESPRIT ET LES INNOMBRABLES PETITES, 1966.

FAÇONS D'ENDORMI, FAÇONS D'ÉVEILLÉ, 1969.

MISÉRABLE MIRACLE *(La mescaline)*, 1972.

MOMENTS, TRAVERSÉES DU TEMPS, 1973.

FACE À CE QUI SE DÉROBE, 1976.

CHOIX DE POÈMES, 1976.

POTEAUX D'ANGLE, 1981.

CHEMINS CHERCHÉS, CHEMINS PERDUS, TRANSGRESSIONS, 1982.

DÉPLACEMENTS, DÉGAGEMENTS, 1985.
AFFRONTEMENTS, 1986.

Aux Éditions Flinker
PAIX DANS LES BRISEMENTS, 1959.
VENTS ET POUSSIÈRES, 1962.

Aux Éditions du Mercure de France
L'INFINI TURBULENT, 1957.

Aux Éditions Skira
ÉMERGENCES, RÉSURGENCES, 1972.

*Ouvrage reproduit
par procédé photomécanique.
Impression S.E.P.C.
à Saint-Amand (Cher), le 2 septembre 1992.
Dépôt légal : septembre 1992.
1ᵉʳ dépôt légal : janvier 1986.
Numéro d'imprimeur : 1747.*

ISBN 2-07-070622-2. / Imprimé en France.

57701